杂琐闲钞

郝林海—— 著

人民东方出版传媒

東方出版社

作者 郝林海

《多巴胺》

性爱和钓鱼时　上帝偷偷塞给我一支多巴胺

Dopamine

It was either when making love or fishing that

God secretly handed me a dopamine.

《贺兰山东麓》

批判的 进行时的政治制度才是合理的

Eastern Foot of Helan Mountain

Critically analysing the present political system is reasonable.

《坏垒有铎声》
循色彩捕捉汉语言坠崖的些许回声

There is the Bell Sound from the Adobe Cottage
To capture the remainder of Chinese Language falling off a cliff through colours.

《沙湖》

俳　余更愿取无味之味

Sand Lake

Haiku I'd rather choose the tasteless favour to act by an attitude of inaction.

《篝篝》

秋后　越发看不透了那棵树

A Fishing Rod-Long and Slender

Late autumn/much more difficult to see through that tree.

《隰有苌楚》
不事体系是人生的窍

The Grass by the Water
To get free from a system is the wisdom of life.

《一叶舟横》

因为飘飘荡荡　因而飘飘荡荡　因此飘飘荡荡

A Boat

Since it is drifting/therefore it is drifting/thus it is drifting as a result.

《殷其雷》
漠视爱也就解脱了爱的折磨

The Thunder
To ignore love is to be free from the torture of love.

目 录

1. 今日归田钓鱼虾

2016 年 8 月 24 日　　星期三　　有云

上午观猫鹊，下午开会

　　阳光照在湖边的木栅上，而你又走进柳树遮蔽的阴凉处。一个人静静地看着盈盈的湖水，水面泛着银光，荷花已逾盛期，有两片荷叶奇怪地抖动着，偶尔有一只蚂蚱从眼前掠过，似跳又似飞，似跳不似飞。不远处是你的小船。几只麻雀蹦蹦跳跳。为什么一点风都没有呢？苇丛中传来啁啾鸟鸣，有几只小野鸭子在觅食，不是黑的，也不是三只。

　　下午四时半，参加政府党组会，这应该是我最后一次参加党组会。几天前，见到了多少年来最简短的一份红头文件，全文如下：

中共宁夏回族自治区委员会：

经研究，郝林海同志退休。

中共中央组织部

大家说了许多褒扬的话，几十年来看似静水深流了无痕迹，明眼的却早已收入心中，又在不经意的时候流露出来，如此这般，倒是让一颗扑腾了几十年苍老的心亦不平伏吧。

晚饭大伙在食堂喝了几杯，甚是畅快。不过他们对葡萄酒的认知还是初级阶段，只认中国白酒，这也好，我带的几瓶收藏级的葡萄酒没有浪费，返回了我的酒柜。

其中包括：

一瓶起泡酒，CHANDON 澳大利亚，瓶身上镶有我的名字及"2011.10.26"字样。当世界葡萄酒商看好中国巨大市场的时候，我更关心葡萄酒专业人士对中国葡萄酒产区的真实看法。终于，法国酩悦轩尼诗最专业的团队，在踏勘完中国所有的产区后，选择了贺兰山东麓，他们告诉我，"找到了能酿出最杰出葡萄酒的地方。"从签约到开业我一直与他们同在。2013 年 6 月 28 日中国夏桐开业时，酩悦轩尼诗主席克里斯托夫·纳瓦尔先生赠我这瓶酒。

一瓶木心，酒标是我的一幅水彩。85% 赤霞珠，15% 美乐。木心先生在世时，我曾送他两瓶宁夏的葡萄酒，并向他介绍宁夏葡萄酒产区。2015 年 11 月 15 日，陈丹青先生邀我到乌镇参加木心美术馆开馆仪式。此款专为木心美术馆酿制，2011 年的葡萄酒，不到 700 瓶，赠木心美术馆 330 瓶，我留 300 余瓶。

一瓶加贝兰 2009，贺兰晴雪酒庄，获 2011 年《品醇客》（De-canter）国际大奖。这是中国葡萄酒摘取的首个最具影响力的国际金奖，它更新了世界葡萄酒产地的版图，不仅改变了葡萄酒界对宁夏贺兰山东麓葡萄酒产区的认识，更给了宁夏产区能种好葡萄，能酿好酒的自信。此一奖，对宁夏坚持走"酒庄酒"、"小酒庄，大产区"、"好酒产区"之路颇具影响。这款酒总量 1.3 万瓶，我存有几箱。

另一瓶勃艮第黑比诺，一瓶门多萨马尔贝克。

微醺。回家的路上，想起北大吴志攀先生发给我的《一剪梅》，心中窃喜。

一段愁肠夜入家。

心上霓霞，

窗上灯花。

事前怎与人前夸。

文又有发，

会又无涯。

何日归田钓鱼虾。

坡上种豆，

坡下种瓜，

村妇樵叟马和鸭。

1. 今日归田钓鱼虾

多了诗华，

少了门牙。

胃中翻腾，醉意朦胧中更有陆翁词：

岁晚喜东归，

扫尽市朝陈迹。

拣得乱山环处，

钓一潭澄碧。

卖鱼沽酒醉还醒，

心事付横笛。

家在万里云外，

有沙鸥相识。

早上喂猫的时间，喜鹊早已准时等候在树头上了，人刚离开，喜鹊已经移步过来了，警惕地侧着身子，大声急促"嘎嘎，嘎嘎"叫着，分明是胆怯，但又要把虚势声张出去。瞄准时机，倏忽间衔一颗猫粮"砉"的飞去，站在树头上又"嘎"的长叫一声，声音沉稳委婉，已无虚张的声势了。

中午我与几只猫共同享受树荫。一只猫卧在石桌子上打呼噜，喜鹊站在槐树上，"喳喳，喳喳"，距离猫也就三四米，明显是挑衅。"黄猫"是我的老猫，室外猫，世面见多了，并不理睬。喜鹊继续不停地"喳喳，喳喳"，鼓噪，在枝上跳来跳去，用喙衔树叶，撕扯下来的叶子居然落在猫的身上，老猫睁眼看看，若有所思，若无所思，继续闭目静卧。

我挥挥手，鹊"翙翙"去也。

1. 今日归田钓鱼虾

2. 一枝黄皮果有声又有色

2017 年 8 月 30 日　　　星期三　　　晴

下午去敦煌的火车上

下午两点的火车，去河西走廊看葡萄酒产区。很愿意一个人待在车厢里，阅读，听音乐，发呆。唯一的不好是火车上水烧得不是很开，温暾暾的茶水难以入口。说是明早七时抵敦煌，不打算吃"思诺思"，反正火车晃荡，睡不着就整理广西和陕西的笔记吧。

广西也是坐火车去的，7 月 30 日由广州去南宁，一本《葡萄酒宗师——米歇尔·罗兰自传》相伴。

毛葡萄和鲜食葡萄是广西留给我的印象。广西葡萄酒研究所有一个小酒厂，是广西注册的三个酒厂之一。经来宾市、柳州市、宜州市至河池市罗城仫佬族自治县，一路看了不少毛葡萄。"中天"葡萄酒厂以毛葡萄为主要原料，年约 2000 吨规模。在柳州市柳江县看到大面积种植的"巨峰"、"夏黑"。当地民间有自酿酒的传统。两种"工艺路线",一种是用开水烫之,晾干,加糖20%左右,发酵成酒;另一种是用米酒浸泡葡萄或葡萄干,沉酿成酒。我说让宁夏葡萄产业局的同事尝尝,于是各样买了一塑料桶,后来听说是用快递的方式运回家的,这运输价格可不低,喝的时候不知运输成本能否品味得出来。鲜食葡萄在广西已成规模,破了吾固有认识,过去总以为鲜食葡萄在新疆,在北方,没想到广西的鲜食葡萄品种多品质好。一路与马会勤、白先进、陈彩虹、谢太理、文仁德、张劲、成果等专家交流。

8月1日中午在"呦呦鹿鸣"农场品酒。8月2日中午在遇龙江边农户"毛毛家"吃午饭。"毛毛"是这家的孙女,刚到上学的年龄,灵透可爱,主动递筷端碗给我们当服务员。听说我们想看村中的一处古建筑,她说,跟我来!领路引我们去看。吃完饭临走时主人从树上摘一枝"黄皮果"给我,黄皮果是南方的树种,我们西北没有。我说,不拿了。毛毛却在旁边说,"拿着吧,拿着吧,爷爷!"这枝黄皮果在我家客厅挂了很长时间,真好,一枝黄皮果,有声又有色。

8月12日,一大早飞西安。参加北大光华管理学院西安分院贺兰山东麓葡萄酒班结业典礼。吴志攀先生演讲的题目是"纯净水与葡萄酒",启示颇多:北大是奢侈品,贺兰山东麓葡萄酒也是奢侈品;在中国,小众的也是大众的;少一点,好一点,久一点;物美价亦美;宁夏葡萄酒走自己的路,"不打隔壁老张"。

连续三天，在灞桥、蓝田、丹凤、三原、泾阳奔波。看了"白鹿原"、"玉川"、"荣华"、"丹凤"、"商山红"、"西太农"、"天心"、"盛唐"、"天润"、"天齐"、"张裕瑞那"和西安葡萄酒研究所等不少点，每天披星戴月十点后才能返回宾馆，王华老师在侧，有什么问题随时请教，收获不少。

丹凤酒厂，1911年（清宣统三年），由意大利传教士安西曼与几个南洋华侨创办。生产"共和牌"葡萄酒。看到车间里有20世纪80年代从法国进口的槽型发酵设备，现在还能用。也生产部分干型酒，但原料从宁夏青铜峡等地购入。丹凤，因丹江与凤岭而名，再向前走即到河南了。天仍然热得出奇，衣服都湿透了。

蓝田玉川酒庄。有款酒的确还不错，追问后知葡萄来自青铜峡甘城子，酿酒师是美国人，名叫维多利亚·科尔曼。负责人王诤，学音乐的，亦知酒，她介绍说投资人马清运是海外华人建筑师。果然，酒庄建筑颇具特色，与葡萄酒也很搭。有一幢徽式老房子的木骨架内镶于砖结构之内，有创意。我还注意到酿酒车间椽子间隙与外部贯通，气息可自由出入。苏格兰、爱尔兰威士忌沉酿间也是这样，有出入的孔洞，让"天使的挥发"走，让自然的气息来。这真是了不起的细节与小处。咱中国人缺少这样的细节与小处，往往差不多就行了，往往笼统，往往宏观，往往求大，喜"最大"。

3. 建议窟内安装个即时亮的灯

2016 年 9 月 2 日　　星期五　　晴

傍晚入住嘉峪关宾馆

　　当地人把嘉峪关宾馆简称为"嘉宾"，加上用当地方言说，我开始没听明白。昨晚与酒泉的大学同学在"嘉宾"吃饭。酒泉是距嘉峪关约 20 公里的"肃州"，即酒泉市政府所在地。而嘉峪关市是酒泉地域上的一块飞地，地级市，专为酒钢设的行政区划。

　　到了 60 岁，人生的果子早已熟透了，还能够在枝条上挂着，就是大幸，要点一炷高香了。谁说过，世界很美而你正好没有空，生命很短而你却很忙。我是个什么，生命就是个什么。"世界长大了，我他妈也老了"，这话是黄永玉这个比我老很多的老头说的，用毛笔写得大大的，挂在国家博物馆，我去"黄永玉九十画展"专门现场看了的。

31日，看钟氏父子的"莫高窟"酒庄，"小棚架"赤霞珠，说有数百亩，也看到了新植的小苗。王华老师在地里讲"爬地龙"，又在酿酒车间强调了"不破碎"与"皮渣压榨"的重要性。院子里有个卫生间，很开放，小便池的墙壁上有裸女瓷砖贴，一全裸女子呈侧卧状，很商业地微笑着，正对小便处。我爱注意细节小处，加之境界不高，不光看到了，还记在这儿。下午去了莫高窟，砂岩的山体泥雕像，不管背负着多大名气的压力，我也想说，壁上画和雕像技法不敢恭维，更多是文物的价值。窟内黑又有台阶，突然由亮处进入窟内，时有人跟跄。我向导游的女孩建议说，应该安装个即时亮的台阶灯，她眨巴眨巴眼睛没说话，可能没听明白，也可能觉得这个老头太奇怪了，常见有人跟跄没见有人发言。晚上吃饭时见到了管区书记，我又认真地建议了一次。注意小事，爱管闲事，还要较真。看来是我到死也改不了的毛病了。

　　早上欲记笔记，但手头这支笔墨已尽，无备份，只好听音乐至早餐。上午先去了一家酒企，老板直率粗俗，尝了尝他的酒，基本不能喝。还生产了一种粮食酒与葡萄酒勾兑的"创新"白酒。之后去月牙泉。在旱柳下驻足，左宗棠在宁夏种黑柳，在河西走廊种旱柳，均曰之"左公柳"。虽说历史多多少少与传说意会有染，但当你用手触摸"左公柳"时，却能真实地感觉到自然生命张力的强度。又去了一个拍电影的地方，有钟总的奇石馆，还收藏了不少字画，我对小钟说，你爸爸的这么多名字画，你将来可以继承下来，小钟不以为然，趁老钟不注意，悄悄对我说，"没几张是真的。"

2日下午三点乘坐火车去嘉峪关。火车站上二楼的电梯不开，问了问工作人员，他倒挺诚实，说，既不是停电也不是检修，就是不开。人们只能提着行李从楼梯走上走下。想找车站负责人提个意见，但时间来不及了。

敦煌至嘉峪关的火车上，读《葡萄酒生产技术》，化学工业出版社出版，高年发主编，关于葡萄酒生产技术的书籍很多，这是我喜欢的一本。

昨晚有一梦，好奇怪的一幕：

门响，先向内开一缝，一小女孩头与肩伸进向内探视，我一惊。短发，短裙，手持一瓶什么饮品，边啜边缓步进来。我忙问："你找谁？"答曰："这是我家。"但并不看我。我更惊！这明明是我家呀！旋即，一大群人从门外熙熙攘攘进来，有八九个男男女女，小女孩似略有迟疑，但还是被人们给卷进室内，从神情看，像是一家人或至亲，进来后便三三两两坐下来，似很熟悉这个地方。其中一人像招呼佣人一样对我说："弄点水果来吃！"我惊，更多是从容，心里很明白，他们走错地方了，但我却欲为谁掩饰什么，忙去呼人来弄水果，然，呼不出声，再呼，醒来。心怦怦动响不止。

早上起来，头蒙蒙的，喉咙也不舒服，到外面走了走，碰到几只流浪狗，很熟悉的样子，各地流浪狗都是一样的神态，一样的眼神，我不愿与它们对视。见到一个中学生模样的女孩背着书包，手中的苹果已然咬去了几口，喊巷口的一个男孩："张宏伟，你给我喊一下张宏丽嘛！"女孩脸上有无限的青春红光，短发，着裙，两腿露在外面，秋天早上的寒气一点也不惧。而我已穿了外套。

4. 田埂遍生苃苃草

2016 年 9 月 6 日　　星期二　　云

早武威，午中卫，晚银川

　　四天，与王华老师马不停蹄看了不少，数了数有："酒钢紫轩"、"祁连"、"国风"、"皇台"、"威龙"、"莫高"、"38°"、"天驭"、"夏博岚"、"石羊河"，"紫轩"和"威龙"在民勤的基地等。河西走廊无疑是我国酿酒葡萄种植的风水宝地。相比较，降水和气候差异比贺兰山东麓大些，风与冻寒害更甚于贺兰山东麓。

　　今天上午，第六届河西走廊有机葡萄酒节开幕，我简短发了言。会前在展区与甘肃领导边看边聊，怎么说着说着就不对劲了，居然给人家介绍起甘肃的酒庄和酿酒师了，的确是喧宾夺主且无自知之明。果子不熟不好，熟过了也不好。

　　紫轩，国企属酒企。葡萄受冻寒害损失大，冬季冻土层在 1.5

米，零下 20 摄氏度时间持续半个多月以上。种植土地条件差，特别是土壤为"客土"，若管理粗放，客土本土难以有机融合，根系深伸受阻。民勤基地与农户矛盾颇多。

祁连。这是第二次来，上次，沙土地"V"型架蛇龙珠印象深刻，之后到处宣传，这是我在河西走廊见到的一块最好看的葡萄园，咱们埋土区园子的"看相"的确需要提高。尝一款 2007 贵人香冰酒沁人心脾，酿酒师陈彦雄甘肃农业大学毕业。

国风。分两片，看了基地 1998 年曹孜义老师植的园子，距酿造处有 60 公里，葡萄藤长得很有劲，但品种有点混杂。介绍说 3 公里外有一酒庄正在建，虽天色已晚还是赶了过去。老板姓贾，种 2000 亩葡萄，土地表层粗砂泛红，葡萄藤的成活率尚可。夜行 70 公里到张掖，十一点入住。

与河西走廊"三大酿酒师"牛育林、陈彦雄、何宏权及莫高王润平、皇台薛效忠，把酒循道，忧酿忧饮，高谈阔论，相谈甚欢。河西走廊田园广阔，高远空旷，放眼望去，田埂遍生芨芨草，一丛丛硬是坚持从黄土中顶出来，根根茎叶不同方向，张扬向上而去，颇有"酒庄酒"的禀性，自然之大美，天地之沉酿，嗅一嗅就醉了。看电视上 G20，人把杭州西湖连同艺术糟蹋成那个样子，也就更珍惜这田埂上的芨芨草了。那天晚饭品酒，至半酣，一女同胞名索南央宗，主动以歌对酒，同时要求大家必须安静，但凡有人说话她便停唱，哪怕小声说话她也停下来，坚持并坚决地看着说话的人，直到没有声响，她再唱。果然唱得好，果然有个性，果然安静地听完了，果然像丛芨芨草。

民勤。腾格里沙漠边上有条河名"老外"，老外河旁有两个酒庄，38°酒庄和天驭酒庄。

38°酒庄的酿酒师是宁夏的彭帅。在民勤还见了两个中国葡萄酒界的奇人，一个是陈少魁，一个是卢大晶。陈少魁在中法庄园和新疆天塞种了多年葡萄，现在夏博岚精心培育从国外引进的几十个品种；卢大晶管理过宁夏最好的葡萄园，并促成法国保乐力加与中国合作酒庄。

欲返武威，上车前我问：有无卫生间？方便一下。陈少魁大声应：有，当然有，跟我来。走了一段土路，又转过一个屋角，他对我说，领导，这大沙漠里，哪里有什么卫生间，请就此方便。我又问，你们平常也在这儿方便？他指指刚经过的屋子说，我们在泵房后面，那儿您老人家是下不去脚的。

十一点钟散了会。没等吃饭就往银川赶，一点半中卫午饭，六点钟到银川，与广西农科院葡萄酒研究所专家品多款酒。讨论的话题是何谓"酒庄酒"。大家归纳了三点：本土化，有自己的葡萄园；对应化，不追求大规模，有多少葡萄藤，就酿多少葡萄酒；多样化，不同的地块即不同的"风土"，不同的品种，不同的藤果，不同的酿酒师，不同的酒庄形成不同的酒品风格。在以上三点的基础上，"酒庄酒"追求高品质。

5. 老汉爱忆当年勇

2016 年 9 月 16 日　　星期五　　晴

晚上翻看钓鱼笔记

今天下午在湖边散步，背对夕阳看远处芦苇丛，见芦苇丛边缘的一根芦苇有情况，我判断是鱼在吃芦苇，驻足细看，正是我十分熟悉的草鱼拉草的动作。晚上，忍不住翻看了当年的钓鱼笔记。

2005 年 7 月 30 日，星期五，云厚，看不见贺兰山。沙湖，与陈、倪、钟四人。

鱼索饵还是很勤的。我狩猎的地方在鸟笼正西偏南一点。有几次提空。有几次浮子沉下去约十几秒又浮上来，有一次见叶饵已被食至下钩处，只剩小半截苇叶，清晰的咬痕。下雨，雨不大，风很大。远处，高苇墙西面传来陈君兴奋的声音,"上鱼啦!"这应该是他生平钓到的第一条大草鱼。这种钓法只上大草鱼。

见30米左右有诱苇动,划船逆风缓缓靠近,看来是风声苇声帮了忙,鱼仍在吃苇子,伸竿递饵,稍许,浮子下沉,吃透了,抬竿中鱼! 窜劲太猛,双手几乎抓不住竿子,船被牵动,鱼窜向苇墙,十分危急,必须把它牵向开阔水域。不能过于用力,把握住竿的弹性是关键。小船开始原地摆动,为保持住控鱼动作,我只好坐在船上转动身体,两脚时而在前舱,时而在后舱,一会儿面对船头,一会儿面对船尾。鱼给我力,我带动船,而船转动又使我不断转动方向,恶性循环,愈演愈烈,左转右转,几个360度是有了,十分辛苦,有放弃的念头。好在约十分钟后,鱼被慢慢牵动,又一会儿,鱼头露出水面,见水底干净,周边环境许可,手套已戴好,便果断采取"快速后缩竿抓绳法"控住鱼,之后右手扣腮,毛巾垫手提抱上船来。大家伙,20斤以上没问题。

游弋,巡视。看水流缓急,感觉风在荡汊口内外轻微地变化,观察不同苇丛与光线的关系。听,听有没有会让人心颤动的"呼啦"与"泼剌"声,前者是水中精灵在大快朵颐,后者是蒲间尤物在嬉闹游戏。

5. 老汉爱忆当年勇

有时，斜靠船帮眯会儿眼睛，累了，假寐也有的。

在一处水口，见苇丛水流风向极佳，打一根诱苇，片刻即有鱼食之。拨船靠近没有惊鱼，伸竿良久，终于耐到浮子没入水中，抬竿感到十分沉重。有了上一条鱼的辛苦，心中稍微有点发怵，抓一把芦苇坐在屁股下，以固定船，准备持久战对付这条鱼，鱼大力向外冲去，我挺住竿，觉得有把握，却突然间没了手感，像是断线了，再看时，从竿梢红线连接处拉脱了，干干净净一个光秃秃的梢头，十分遗憾，心想或许可能另一只钩碰巧挂在苇根上，四下寻找，无果。

2004年6月26日，星期六，气温报得很高，但实际感觉没那么热。大西湖，与钟、郑、倪、魏君。

上午9点左右，见苇墙转向处有鱼索饵苇，靠近之后苇子却没了动静。又见顺着苇墙再前面有鱼索苇，慢慢逼近，递竿，浮子沉没，约十几秒提竿中鱼，很重，冲力极大，左窜右窜，时沉时浮，大物盘旋于竿线之下，没弄明白什么在"嘎嘎"作响，船被牵动，但我始终掌控着它，除稍感吃力之外，并没发现身体异常，待伸抄获鱼后，才感到胳膊剧痛，无力将鱼提上船，大口喘气并咳嗽。我的气管炎似乎与呼吸的速率及强度有关，刺激之后咳或痰，鼻炎也类似，运动或热冷交替后有鼻涕。看着抄网中的大鱼，稍微休息了一会儿，喝了些水，才有力气把它提到船舱里，鱼也大口一张一张喘气，用双脚轻踩鱼身，取钩，入护。

十二点左右。在荡汉内见苇丛有状况，估计了一下距离，反其向拨船轻靠对面苇墙，见鱼头伸出水面索苇叶，伸竿便见浮子晃动，随后下沉，吃透了！起竿便有，从荡内一直遛到荡口外，恰有一游船靠近驶过，船上有人眼尖，大呼：该是多大的鱼呀！是鱼吗？

两条鱼各20斤上下。事后发现抄网柄已弯曲，第一节不能退回。胳膊严重扭伤，右背扩肌和右手腕扭伤。

傍晚上岸，四条大草鱼引得码头上一片啧啧之声，尾随至车旁还惊叹不已。"啧啧，你看看人家，这么大的家伙！"一位女士对身旁的男士如是说。

我的钓鱼笔记记了几十年，现在，经常喜欢翻开看看。

6. 疙瘩汤不要太稠了

2016 年 9 月 26 日　　　星期一　　晴

晚从乌鲁木齐飞回

20 日，下午到乌鲁木齐市。从飞机上看乌市毫无特色，感觉像黄黄一片临时建筑，拥杂纷乱。落地一进城感觉更差，拥挤不堪，出机场就用了近一个小时。

这五六天与李德美老师边看边喝边聊，有个流水账：

21 日，乘高铁从乌市去吐鲁番，东戈壁西戈壁。吐鲁番，果然寸草不生一望无际大戈壁。看"楼兰"，许老板的目标是做中国酒庄酒。"驼铃"，紧邻葡萄沟旅游点，正在改造。

22 日，飞库尔勒之后乘车至巴州焉耆县。住"天塞"。午饭后去和硕县。"芳香酒业"，广告为"有机健康，自然芳香"。负责酿酒的杜总质朴内行。介绍说有 1.2 万亩酿酒葡萄，包给农民种，按质论价。300 个个人各投资几亩地的模式亦有趣味。"国菲酒庄"在河南及南方有市场。少庄主精明能干，中午一碗菜拌面好吃。

23 日，看天塞几类不同的葡萄园，肥料加工，示范园及机械工具等。与王小伟先生品酒聊酒，感觉了天塞的理想和胸怀。"乡都酒庄"，为新疆最早的葡萄酒企之一，李瑞琴董事长大气，负责技术的杨总实践经验丰富。专门看了乡都的葡萄籽延伸产品。午饭在"中菲"与纪昌锋先生及夫人吃博斯滕鱼"五道黑"。酒庄建筑由意大利人设计，使用当地大理石。一片西拉长势良好，酿酒师张炎先生内行。"七个星"镇，源于蒙语"衣襟"之意。"和田红"也叫沙丝拉，欧洲种，鲜食，估计从格鲁吉亚来，在新疆用此酿酒很普遍。也有葡萄蒸馏酒，也叫"白兰地"。

24 号，早上由库尔勒飞乌鲁木齐，落地后直接去五家渠，在"将军府"宾馆吃午饭。

看一个国有大企业。大工艺大设备大规模，大卡车，大池子，大发酵罐，发酵后再运至沿海某省灌瓶贴标。站在大水泥池坑旁，看到大卡车排队向池中倾倒葡萄，令人想起处理垃圾。之后来到收购葡萄的地里，看到为方便装大卡车而临时挖的地槽，俯视之，葡萄堆中可见土坯块、塑料薄膜、拖把头、枯树枝……

兵团"唐庭霞露"王顺利总经理，系西农大葡萄酒学院毕业的专业人士，一款 2016 干红获布鲁塞尔大金奖。他分析了为什么新疆葡萄丢失果香和颜色很快的原因。

晚入住乌鲁木齐"东方王朝"酒店。卫生间奇臭，我急中生智，用湿毛巾盖压地漏口，以缓；卫生间极热，观察后发现一面墙壁非常热，烫手，不敢触摸；洗澡盆太脏，绝对不能用；房间充满了潮湿加腐败的怪味；电插口或不能用或设计不合理；床一翻身就响；灯光始终弄不清如何开关。最糟糕的是半夜两点多钟服务员敲门，之后说敲错了，之后总台又打电话核实房间的登记人……我只好把电话线断开，但天也就快亮了。

手机来信息，图片，焉耆大风，刮倒了葡萄园的水泥杆，说正是昨天我们看的那片园子。

25日，玛纳斯县"中信国安"，主要收兵团葡萄。6台大型除梗破碎机，一小时可处理2000吨葡萄，该点酿酒2万吨。全新疆共有4个点，共12万吨酒，贮酒能力16万吨。一位法国酿酒师长年受聘在此，还碰到一位澳大利亚专家，聊了聊，的确是专家，但说到关键处欲言又止。

石河子，"张裕"，各地的"张裕"我几乎都看过。在新疆也有12万吨，恰好老熟人李记明也在，我们聊了聊。陪我们参观的小孩已经会说"这款酒拥有天鹅绒般的柔滑"了，尽管他工作不到一年，仅喝过几杯葡萄酒，但千万不要怀疑这孩子的纯真。我已陈腐。

26日，上午座谈会，晒晒座谈会我的发言提纲。

自然与品质

上帝给的，糖与酸。酸更重要

光照太强亦有问题，风

过冬靠稳定积雪（20厘米以上），与贺兰山东麓不同

思路与路径

新疆太大，还有更重要的事，葡萄酒是小事

葡萄藤长得慢，政府人换得快

大马力螺旋杆挤压碎了品质特性，个性

葡萄酒不是标准化大工业的可口可乐。继续做大工业的原料基地也是一条路，各美其美

小产区划分，分类施策

昨天吃晚饭已经很晚了，点完菜，我们跟服务员说疙瘩汤不要太稠了。她既而打电话通知厨房，刚开口说话就停下来，大概是对方厨师不耐烦，打断了她，过了好一会儿，小姑娘沉着脸一字一顿对着电话说，"你听好了，疙瘩汤不要太稠了，不然就请你喝了！"说完即压了电话，扭头对着我们继续微笑。吃完饭临走，我对她说，疙瘩汤很好，谢谢你给后厨打招呼。她说，"唉，我也是翻身农奴把歌唱了么！"这碗疙瘩汤后面似乎还有很稠的故事。

7. 船儿回来鱼满舱

2016 年 10 月 3 日　　　星期一　　有云

早上划船

　　喜欢在晴朗的白天读书，阳光柔柔地从窗户透进来最好，那感觉像猫睡舒服了，放松了，伸长了躯体，肚皮向上。也像那两只麻雀在树枝上啄羽。读得很慢，随性地读，一篇东西喜欢从后面读起，一本书喜欢随机翻开一页读起，读物亦驳杂。许久也读不完一本书，总是对某些事或某些闪过的念头琢磨良久，对某个字词或某个意思寻根溯源。很慢很久。记得也不牢，弄清楚的事很快又忘了。

　　写，倒是随时随地的。有点想法就赶紧记下来，这习惯已经几十年了，身边时刻有纸和笔，最好还有花镜。手头没有纸和笔会很难受。有时，手机的功能也会用来应急。即便是划船的时候，也有那么多想记下来的灵光一现。在舟，更耽于冥想。秋天的太阳透过薄云落在秋天的水面上，阳光将不远处的芦苇变成橘黄色的了，仅剩靠近水面的根部才有一条淡淡的绿色。萦扰我视线的是一团飞舞的蠓虫吗？无数飞虫快速移动交错穿插，在船头形成飘忽不定的一团。记得谁说蠓虫的生命仅有几个小时，"朝菌不知晦朔，蟪蛄不知春秋"，朝菌与蟪蛄的寿命真是太长久了。谁又说，"看过的就是拥有的"，那么我恰巧看到了这团生命。我是唯一看到并记下这团生命的人，还有那片芦苇的橘黄色，此刻又变浅绿了。

倘若人如蠓，人如蚁，人如蚊，人如鲫，再重复60年又有什么意思呢。在我的船下，兴许就有一只龟已经活了200年。

常有写一写的冲动。鸟雀有一羽变化不断的尾翼，猫狗也有依情绪变化而摇摆的尾巴。拿一支笔"写一写"，就是我想要摇摆尾巴。想摇摆晃动，而又能摇摆晃动，于是就写了。

我喜欢音乐的没有故事性。

思想着，是人痛苦的原因；情感着，是人痛苦的原因。感情细腻，心地善良，修养有成者往往多愁善感。不比窳劣粗糙的人，吃、喝、睡、性的动物满足就够了。然思想与情感的痛苦是一个完整人生应有的体验，如果人不曾拥有，倒也没有人的遗憾了。

随波逐流也是一种人生，一个人的半个人生，半个人的一个人生。

人是智慧生物，所以人是痛苦的生命。人想知道宇宙为什么会存在，宇宙有没有边际，边际在哪里？边际以外又是什么？人会享受生命，人有思想和情感，恋着世事，却又知生命即将完结，一切将化为乌有，你，我，她，他，它，乃至地球，太阳和宇宙。一切终将毁灭，地球本就来源于老恒星的毁灭，自己也终将毁灭。机缘巧合产生生命，人类的产生只是一个意外，我们每个人的诞生更是偶然之偶然。丰富多彩的生命，也终将合情合理地终结于自然规律的巧合。人多，杞人少。知道天是终究要塌的人不多，杞国的那位哥们儿不知道叫什么名字？

阅读与听音乐都是个人的事，钓鱼也是。钓鱼的享受在内心，很复杂，是沉静从容的享受，难言诠。当然，为渔而鱼的人除外。

人类是喜欢装模作样的动物，尤其进化到今天以后，人表演的功能愈来愈成熟，表演和欣赏表演的欲望愈来愈强烈。从围着篝火表演，到在舞台上下表演、看表演，到在聚光灯下表演、看表演，到在镜头前表演，再到人人都匍匐在屏幕前欣赏表演并在心中参与表演。随着不断进化，人类原始人性不断被自己的表演所改变，我预测，人或恐等不到迁移至其他星球时，就已经变成另外一种性质的物种了。

年龄大了也好，我常常被岁月感动。

拨水弄舟，临水发呆。这真是一种奇妙的体验，一个人呆坐在船上，偶尔用单桨拨拨水面，当你要写几个字的时候，也会有蚊虫干扰一下，像是要与你一起进入《一个孤独划船人的遐思》，体味与卢梭散步的不同。

天刚蒙蒙亮，我的小船就出发了，靠近东岸的时候，突然见岸边一个人"倐"地从蒲草中立起来，能看到他大睁的眼睛，我诧然，他诧愕，一个朦胧水中，一个荒草丛中，终不知道对方在干什么勾当。

8. 银川好，亏得是水好

2016 年 10 月 7 日　　　星期五　　　有云

骑车绕阅海湖

　　今天骑自行车绕阅海湖转了一圈，有颇多感触。2012 年春，我为《银川湖泊湿地水生态恢复及综合管理》写序文。现一字不动，算作一篇。

　　　曾有人问：市长任内可有得意之为乎？

　　　我讷讷：得意？大概，也许是玩水吧，抑或是说了个"塞上湖城"欤？

　　　坦率地讲，说这话时虽讷讷诺诺，心里真还有些许得意，但当年却不敢得意，其时，填湖造地、圈地卖地属正常；保护湿地、挖湖蓄水则不入潮流。恢复湖泊湿地，建设"塞上湖城"这样的理念尚不被广泛认可。依稀记得，连通小西湖与大西湖（阅海）、保留和扩大北塔湖、恢复鸟嘴湖湿地（鸣翠湖）、串通关湖、化雁湖、陈家湖、西湖等诸湖而成水系（爱伊河）……这些事情做得都很艰辛，阻力不小，上下左右多不认同，有不解，有质疑，有的宏观，有的微观：这么多湖要浪费多少黄河水？奇怪，人家市长经营城市，他却"玩水"。水面多，蚊子多了怎么办，不咬人吗？然而，"玩水"的事还是顶着压力坚持下来了，最关键的时期全仗着自治区认可银川市的这个做法，结果一本水经念到底，一茬接着一茬干，不仅成全了银川人"玩水"的志趣，也激起了宁夏各市县做水文章的雅兴。如今，黄河金岸串起的岂止是银川这一滴水珠，石嘴山、吴忠、中卫的水更润更美；中南部山区诸县亦集水为沼，乡亲们啧啧叹泽泽：终见得比咱家那满满一大窖水还旺的景象。当愿望逐渐变为现实，那些当年的种种偏颇见识也如同过眼云烟，随风逝去了。湖泊湿地多了，储蓄调控能力强，反而耗水少。以前年年超标耗水，挨黄河管委会批评，现在却实现不超标耗水，受黄河管委会表扬。至于蚊子多了还是少了，没法统计，但宁夏人都真实地感受到，多了蒲

8. 银川好，亏得是水好

苇莲菰，多了虫鸟鱼虾，空气湿润了，生态环境变了。去年夏天，我在阅海湖边见到一家三口垂钓，男主人是外省口音，了解得知，原来是一个人在银川做生意，现在把老婆女儿都迁过来了，问他为什么选择银川，他用鱼竿点点水面说：图的就是这片水。

感慨系之，那天，我在笔记本上写了这么几句：

水好，

扮得银川好；

银川好，

亏得是水好。

今年初的水利工作会上我说了两个观点，恰与亚行这个湖泊湿地水资源平衡研究的课题相关，拈来简叙其梗概：

一曰黄河的"跷跷板"平衡点。

黄河呈"几"字形，蜿蜒五千多公里，假设把河床拉直看作一块木板，我们来观察其与沿途海拔水平的关系。宁夏迤上，黄河自高山台地顺沟涧行走，青海甘肃两岸都在河床之上，如兰州市虽有大河穿城而过，但河水于人之脚下数丈，可及而不易汲，利用很是困难。黄河出黑山峡、青铜峡后来到宁夏平原，顿时变得水岸相等，水土平衡，水流顺滑，形成一个河水可以自流的平衡点。数千年来，引水也自流，去水也自流，既有开阔的川原可资引灌，又有肥沃泥沙淤累铺填，"河水乃润，河泥乃沃"，遂形成了左右岸宁夏内蒙古富饶的黄河前后两套，《诗经》中有"河水洋洋。北流活活。施罛濊濊。鳣鲔发发。葭菼揭揭"句。而宁夏迤下，由于黄河水少沙多的特点，河床在泥沙堆积下不断抬升，使得内蒙古河段也逐渐变得像下游的河南等地一样，成为新的"地上悬河"。数据显示，磴口、巴彦淖尔、包头段河床已比堤外地面高出数米。河床在宁夏上下游如同小朋友幼稚园玩耍的跷跷板，一头高一头低，而宁夏自流灌区恰似这个跷跷板的平衡点。

我以为，黄河平衡点是黄河生命之命门，祸兮福兮在此一点。对上游而言，宁夏这个平衡点的大小变化和位置走向，关乎黄河生命健康的水平。倘若此点再向上移，河套自流灌区将不复存在，内蒙古段也将继续上翘，则黄河洪水泥沙这个"中华民族心腹之患"将染遍母亲河全身，黄河死矣。若能守住此点或至下移，则黄河气血疏通，黄河生矣。黄河水愈来愈少，用于冲沙的小浪底水库拦沙库容总归要淤满的，冲沙入海终不是万全之策。黄河病得太重，一个药方难治愈，何不冲沙与放淤相结合；黄河太长，一个平衡点少了些，何不借鉴河套自流灌溉区之模式，于黄河中下游再造几个平衡点出来。从晋陕大峡谷及渭河入黄口迤下，择山川地势，借水势泥沙，辅工程手段，引黄放淤，沉土为田。让泥沙留下来，泄淤于两岸，使之滩大垒高，变地上河为相对地下河，变洼地薄田为高台沃土，使"跷跷板"高处变低、低处变高，"跷跷板"愈趋于平衡，黄河愈健康，平衡点愈多，平衡点面积愈大，黄河愈健康。靠"平衡点"治"心腹大患"。平衡点也是宁夏河套平原湖泊湿地生

8. 银川好，亏得是水好

成的主要原因，湖泊湿地主导水源源自黄河，经年的农耕灌溉又绵绵延延地补充着地下水源，使这片湖泊湿地有了生命的根基。

二曰人工灌溉的绿洲。

人谓宁夏"塞上江南"，这个"江南"究其根本，是由人们农耕生产灌溉而成的。在这片土地上，除黄河外，基本没有其他地表水源，仅靠稀薄的降水人则不能生存，动物植物也难以存活。好在有黄河经过，但水流一条线，水漫一大片，仅有黄河流经而没有人为灌溉和河床游移，也不能形成绿洲，绿洲既得河水之利，也得河泥之益，是人工灌溉孕育了绿洲。宁夏引黄河水灌溉的历史可远溯至秦汉时期，秦、汉、唐、宋、西夏、明、清代代凿渠引水灌溉，遂形成今天这片"谷稼殷积、盐产富饶、牛马衔尾、群羊塞道"，无虞旱涝，年种年收，物阜民丰的塞北绿洲。形成了人与动物、植物、水、土特殊的生态链条和特殊的气象物候环境。农耕灌溉是人们有意为之的，而人工绿洲却是无意形成的。倘若来到宁夏灌区，你能发现一个有趣的现象，可概括为三句话：渠老；沟新；没有河。且看，古老的灌区密布着古老的渠，古老的渠名延续至今，秦渠、汉渠、唐徕渠、汉延渠、昊王渠、太平渠、美利渠、惠农渠、太宁渠、大清渠……与此相反，排水用的沟都是现代的名称，或以序号列之，如第一、第二、第三排水沟；或再分列之，如四二干沟、永二干沟、一一支沟、三一支沟；有冠名的则时代性鲜明，红旗沟、丰庆沟、银新沟、红卫沟、胜利沟、团结沟、反帝沟……这沟渠名称的反差告诉我们一个事实，排水沟都是新挖的，引水渠多是旧有的，古人只重引水而不重排水，使得灌区湖泊沼泽星罗棋布，有"半为斥卤"、"七十二连湖"之说，这也正是历史上造成土地盐渍化和形成湖泊湿地的重要原因。渠是人工凿筑的，河是地表水自然流成的。灌区没有"河"这个概念，"黄河"是天下人叫的，除黄河之外，宁夏灌区没第二条叫"河"的水流，千年如斯，盖古即属干旱之地。既然是人工灌溉造就了绿洲和湖泊湿地，那么非常简单，维系它们的健康生命仍然需要人工灌溉，只是，这片绿洲越来越大、承载越来越重；与此同时，人工之能力愈来愈强，人心之欲求愈来愈高，但，水在哪里？唯此黄河。人与物，本与末，灌与排，蓄与疏，取与舍，管与放，利与弊，也正是这个课题项目所担负的研究责任了。

水边，乃人类本来的巢穴。"城在湖中，湖在城中"寄托了银川人水的理想，那是一个超然于喧嚣纷繁社会的理想，同时又那么真实可依。庚寅年夏，我置了一只小船，每有闲暇便拨水于蒹葭蒲草之间，闻泼剌，吟欸乃，觅青蘋，歆享湖泊湿地带来的欢愉。

壬辰年春记于银川。

9. 在京津冀转圈喝酒

2016 年 10 月 14 日　　星期五　　云

从北京飞回银川

　　8 号下午与新疆葡萄酒考察团在贺兰山下品酒，放下酒杯直接去机场飞北京，天黑赶路住房山。9 号早上才看清住的环境，这个店叫"东方美高美"，地址位于房山和丰台界，在丰台区内。看了五个酒庄，"佳年"、"丹世红"、"波龙堡"、"莱思堡"、"沃德"。品多款酒，2015 西拉、2015 品丽珠与玫瑰香；2014 霞多丽；"波龙堡"一款 2014 由霞多丽、小芒森等混酿的干白印象较深。葡萄种在燕山山脉的"山前区"，地质学上也叫"浅山区"。

　　土壤差异很大，降水大。邹福林老师说，这里葡萄的品质当然比不上贺兰山东麓。我问何以见得？他说做了多年对比，在糖、酸、花青素、酚类物质与干物质含量四个方面有差别。雨水多，葡萄的根系很难向下扎，多年的葡萄根系仍然是水平方向走势。

在张坊镇田间见了个奇观，一条古老河流坡岸上铺了大面积人工草皮，像城市公园一样，喷洒浇水，田里搭起观光平台铺着玻璃，供人踩上去观看葡萄基地。真没想到北京农村会这么洋气，更没想到北京人会这么土气。

10日上午参加"一带一路"国际葡萄酒大赛开幕式，碰到不少葡萄酒界的朋友，品了不少酒。下午赶到延庆，看了松山脚下两个酒庄——"中坤落樱"和"辉煌云上"。还看了一个点，名字记不住了，酒当然喝了，但印象不深，因为碰到一个比喝酒印象深的人。年轻专业人士，葡萄酒科班出身，他的老师和众多校友都是我的朋友。他似乎有一种警惕，抑或是一种什么情绪，我说自己比较喜欢陈酿型酒，他就说快酒轻酒好，我说想看看葡萄藤，他说那有什么好看的。我赞叹酒庄的建筑特色，他完全同意我的夸奖。但我始终没有评论他酿的酒，的确三款酒都不好说什么。来到酒窖，见窖顶是巨大的玻璃天窗，阳光直接照在一排排橡木桶上，我问阳光可以遮蔽吗？他说不能。我说，这个设计不合理。他爆发了：葡萄酒没你们说得那么玄乎，晒晒太阳又怎么样！"你们"是谁呢，我和他的老师？因为前面一直在说他老师的观点，是我们把葡萄酒说"玄乎"了？"老糊涂"是说老了人会糊涂，我时时警惕自己的悖晦，但老了后往往又少了自知之明，须时时反省才好，比如葡萄酒晒太阳这件事。

11日到河北怀来，在"紫晶"、"马丁"、"长城"、"长城桑干"、"贵族"、"瑞云"、"艾伦"、"中法"的酒窖进进出出，推杯换盏。与郭英、董继先、李德美、田疆、罗建华、程朝、马树森、李学明品酒论道，指点是非，口无遮拦。至微醺，至半酣，至酩酊。每每清醒后我赶紧据他们的酒后真言追记，如下是之：

郭英。建议多项涉及国家葡萄酒产业的宏观、中观、微观政策，始见《内参》；

田疆。一个车间两个方向及一道田埂两种葡萄园子的秘密；

董继先。心中有一册从引进国外先进苗木到中法葡萄园到各产区曲折变化的历史记录本；

罗建华。三十多年葡萄酒人生，许多细节仿佛依稀就在昨天；

马树森。白天醉在中国好葡萄酒里，晚上梦在中国好葡萄酒里的人。

噢，程朝。告诉了我两个出好葡萄酒的诀窍，一是葡萄园不要打理，随它去；二是千万不要有专职酿酒师，庄主就是酿酒师。他说，如此方能出好酒。我端一杯他的酒问，你的这杯酒是好酒吗？答曰，酒的好坏在喝酒的是什么人，档次高的人喝就是高档次的酒，档次低的人喝就是低档次的酒，关键看喝的人，不在乎酒。"这杯酒如何?"他黠慧地反问我。"酒不错",我非常诚恳地看着他说,"不过喝了后会比喝前感觉更好。"

13 日,天津。看郭松泉先生葡萄酒器具的两处个人收藏。看"王朝"、"天阳"、"紫晶"、"天顺"。用玫瑰香酿制干白为天津的特色。傍晚时分,赶路去看一个"退海地"玫瑰香葡萄园。一路雾霾,田野树木都淹没在泛着蓝色的烟霾中,西沉的太阳是橘黄色的,边缘整齐像圆规画出来的,雾霾中也见到月亮,与刚才的太阳一样圆。终于到了葡萄园,天却已经黑透了。留在记忆中的只有雾霾、圆太阳、圆月亮,没有玫瑰香。

10. 鱼星点点，渔思点点

2016 年 10 月 18 日　　星期二　　晴

翻看钓鱼笔记

　　下午湖边钓了一会儿鱼，昨天下午也钓了一会儿。鲫鱼很漂亮，上钩后先养在护中，收竿后看它们摇头摆尾游走，缓缓地，并不着急的样子，心里很舒服。记不清我是从什么时候开始罢竿不钓大草鱼了，也忘了是什么时候只钓而不取的，记得鲤鲫也是从那时开始多钓寡取的。晚上看钓鱼笔记想要整明白，厚的薄的翻了二十几本，还是没核准时间日期。眼前一段段笔记记录了当年的想法，犹鱼星点点，索性摘一部分抄在这里，虽零乱，觉得也行，反正杂抄嘛。当时只道是记下，现在看来有点陈酿的味道了。

　　与自然、水、阳光和静寞在一起，用手慢慢理竿弄线调漂试饵，观察水面、蒲和苇子，特别是看沉在水中的植物。与风、土地、石头、树、草、野花融为一体，像是它们的一部分。不在意鱼获，有时一天也没有收获，静静地待着。待在那儿就好。

这片芦苇的忧郁总被夕阳灼伤。

冰钓。其实一个人只要站到冰面上去，让阳光照耀，就会有异样的感觉。

湖边、树下、草地、芦荡、冰上、舟中是心灵的故乡，蜷伏于此，给人以安宁、安全及灵感与活力，有增加生命长度和质量的感觉。

周边时而响起鱼摆籽的"哗哗"击水声，不是"泼剌"声吧。声响极大，也可以看到溅起的水花。

垂钓进入游刃有余的自由境界则如庖丁之解牛，轮扁之斫轮。

准备写一本关于钓鱼的书，拟名《钓鱼琐屑》，或琐细、琐碎。于是摊开稿纸先写个提纲，不想这些东西早就在门口挤着呢，门一打开，"唿"地都出来了：鲫鱼、鲤鱼、草鱼、鲢鱼、鲶鱼、马莲棒子；竿钩、漂、线、饵、抄子、篓子、镰刀；戳苲、冰钓、船钓、岸钓、矶钓、挑草、靠鲤、点鲶鱼；芦苇、蒲草、水鸟、水老鼠、蚊子、蜂窝、蛇、蚂蚁、沟、渠、墹、做窝、打结、火机、眼镜、匕首、剪刀、牙签、雷峰洞、化妆、笔记、秘籍、隐私……

钓者多有老翁老叟和清癯少年，少见老妪老妇和妁妁倩女，抑或是钓之初"为稻粱谋"的基因遗传，也许男人更需要一个诗意的栖所。

理钓线，弄小舟，蹲沟墹，藏苇荡，

听风雨，辨水情，惬意、俳意、诗意。

这钩这线这竿正是人与鱼、人与自然的通灵。

这一天，我沿着沟埧不停地走动，寻觅有可能钓到大鲫鱼的地点，虽然收获不大，但我看到好几队大蚂蚁在土堆上下忙碌着，听见不知名的鸟儿在身旁鸣叫吟唱，黄的小花，粉的小花，在微风中抖动，还有紫的小花连同它茎上的刺碰着我的裤腿。我很愉悦，很享受，感到生命存在的美，抑或是它存在的价值。突然又想，世间或许有些人竟从来没有这样的感受，不禁为他们感到难过。我掏出随身携带的小本子，坐在土堆上，多少有些愤愤不平地写下几句：科技使人退步，电视使人早衰，网络使人痴呆。尤其是电视剧，使人弱智。（像个老愤青一样。）

当然是那种一个人划的小船。倘若你喜欢钓鱼，喜欢水，喜欢安静，喜欢一个人待在芦苇荡里的感觉，只需向荡汊深处拨动这只小船也就拥有了自己的一个世界。

今天去钓鱼。天很晴，天很清，阳光很明媚，但有风，风很乱，柳树枝条乱摆，分辨不清风向，风乱，是因为我乱，我乱是因为处的位置乱。我很犹豫，今天是钓鲤鱼呢，还是钓鲫鱼呢？柳枝不乱，风不乱，还是我乱。

沟渠的堤岸叫作"埧"（音"摆"），查字典找不到这个字，但在宁夏大家都这么写这么念。

土性的人就是了，钓鱼时，看见花草萌芽就心动，愿意与植物动物为伍，其乐融融。也有离土很远的人，水岸苇丛，猫狗虫鸟鱼视而不见，"手搭在粪门子上"按时踱步，也其乐融融。

11. 鱼星很多，但不一定上鱼

2016 年 10 月 19 日　　星期三　　晴

继续翻看钓鱼笔记

窝子发了后鱼星会很多，但不一定咬钩，也不一定上鱼。

钓鱼的感觉在内心，很复杂，很享受，是一种沉静从容的享受。

渴望尽性做一个散淡的人，过安静自在的生活。随性地读，散淡地写。闻泼刺，吟欸乃，觅青蘋。

今在黄河东岸汉湾大半天只上一尾白条。黄河水少沙多，流域面积小。小、少、脏是其特质，犹如沙漠之中的一掬劣水，反倒显出被需要的伟大，况且还有因为它而产生的文化，围绕它而存在的文化。

黄昏匆匆收拾钓具，看西山慢慢沉入夜色的朦胧中……清风徐来，旁边农舍的窗户已开始有灯亮起，有一缕薄霭环绕，也许是炊烟。累，腰酸，口渴，却不亦快哉。

钓鱼一开始是以食为目的的，但以后发现可以让人在喧嚣嘈杂的现实中放松或栖息。钓鱼是自我放逐，同时成为遥远的唐宋时代扁舟渔隐的回忆，成为商周"簏簏竹竿，以钓于淇"的回忆。

"采江之鱼兮，朝船有鲈。采江之蔬兮，暮筐有蒲。左图且书，右琴与壶。寿欤夭欤，贵欤贱欤。"

垂钓是动与静，雅与俗，思与行，人与物，文与武，主观与客观的融合与沟通。

垂钓很吸引人，专注，投入。但有时却会令人突然陷入沉思。

有云，薄厚不一的云，一团团，一片片，阳光从云间透出，草地是花的，水面是花的，想钓鱼，先带两只狗狗在湖边，侦查一下荷叶下面有没有正在纳凉的鱼，于是悄悄走向前去看，没有发现，又静待了一会儿，忽然听到"噗噗"的声响，不明白是什么声响，由小到大，像是什么东西的敲击声，很奇怪，看不到什么，但声响已经开始笼罩四周，我看狗狗在抖动身体，有水！此时，才察觉到下雨了，声响就是雨点打在荷叶上发出的。我眼盯着荷叶却居然看不到雨点，而是先闻声，再看狗狗被淋湿才意识到是下雨了。荷与狗都知道下雨了，它们是先知先觉，而我是后知后觉。人恐怕还有许多后知后觉的事情，虽然我们不知道，但事情却正在过程中。

现代渔人，如果有的话，实则是对古代渔隐，隐居，扁舟，入扁舟，渔父渔翁情结的一个默契，由 DNA 带来。

鱼选择了钓饵，亦就选择了自己的命运，或旋即付出生命的代价。那么人呢？人投胎于世，就无选择地口含钓饵，唯一命运就是思想并痛苦。

钓鱼，安静地独处。朝看阳，夜望月。但有些人兴许一辈子也安静不下来。现代社会，背景噪音从婴儿时就开始笼罩人生了，人已进化到无法在安静环境下集中注意力，且无法忍受独处。

发现他们几乎所有的失败，都是因为不善于手持一竿在水边独处。

下午垂钓。两只白色的鸟，发出一阵叫声，如同一个人在学唱秦腔，是唱得不好的那种声音，似大笑又似大哭。飞起来一看，原来就是常见的鸥鸟。叫得这么难听，大概是求偶时发出的怪音，像猫发情时一样。人听着难听，人家鸟可不觉难听。

两只黑色的鸟，胸上有一条白色，叫声很好听，像是打梆子的声音，清脆，节奏亦从容不迫，大概也是求偶，但好听。

古人讲究读书譬若掘井，与其多掘数井而不汲泉，不如专守一井，力求汲泉，而用之不竭。挑草鱼亦如此。

其实，钓后理线，收拾钓具，钓前准备各种用具和饵料就很有意思。天色晚了，说声"收了"，胡乱将什物揽入钓包之中，匆匆回家，心里想着，"明日得暇，慢慢再收拾吧"。慢慢再收拾的过程对我而言，不逊于临水垂钓的乐趣。特别要是有几副弄乱的线组，闲时拿出来，泡一杯茶，戴上眼镜，准备一根竹牙签，想方设法理清楚后心里煞是痛快。

12. 上帝是巴西人氏

2016 年 10 月 31 日　　星期一
圣保罗至迪拜至银川的飞机上

　　不知道为什么，这次外出记录了这么多，而且这么乱，小本一个，大本一个，还有零碎的纸片。数据和具体技术指标太多，难道我真的要成为葡萄酒专家了？算了算了，不整理了，趁着飞机上这杯茶不错，心情也不错，选几段现在感兴趣的抄在这里，那些大本小本密密麻麻的东西装一个袋子封存吧。兴许将来能酿一杯南美风格的好酒。

　　昨晚抵巴西本图贡萨尔维斯市。在机场去酒店的车上困极了，但躺到床上却又睡不着，半夜 2 点（当地时间），吃半粒"思诺思"，早上起来仍觉得没有睡踏实。

　　开窗看出去很美，除了绿色就是水，没有太大的山。山不大，却又被云遮住了，薄薄的云在低处流动，山头罩在厚厚的云里，时隐时现。楼顶坡度大，橘黄色，与近绿远黛的色彩很搭。巴西人都说，若上帝是人的话，他一定是巴西人，留了个无灾无患、资源丰沛的好地方给自己。

飞机尾翼上的标识设计得真好，色块叠加组成的巴西地图，小色块想是不同省区的矩形抽象。色彩大胆，抽象概括，叠加自然。

人和社会的文明程度高，公共场所人们悄声说话，举止从容，有序进出排队，飞机落地，人们耐心等候，坐着不动，不比国人都很急，都很忙，不等停稳，马上站起来，马上拿行李，马上开电话，大声说"我到了"！

本图贡萨尔维斯有起伏的丘陵，所以有小气候变化，所以才种葡萄。有了占巴西50%的葡萄酒。这是我第五次参加OIV大会了，我的发言简单，但听众提问多而有趣。中国有个宁夏贺兰山东麓葡萄酒产区，十年间冷不丁冒出来，着实让洋人葡萄酒圈子惊讶。

没有尘土，空气的纯度高，四下看去，薄薄的白云像水一样流动着，不知雾霾何物。咱们已习惯了在尘埃中生活。人与人怎么这么大的差别呢！这也和上帝有关吗？

年轻人每时每刻低头看手机，失去了看真实世界的机会。然而，世界是你们的，也是我们的，但归根结底是他们的。

这是什么时候记的北岛一句话，"过去有爱情，有梦，有旅行，现在深夜喝酒碰杯碰碎的都是过去的梦。"

巴西和乌拉圭大片的平地，降水量大，地展展的，空气湿湿的，又有阳光。浅浅的海岸线，从空中看是黄色的水，开始以为是沙滩，细辨才看出是海面，水浅，所以远看上去是黄色的，像是在陆地与海洋间镶了个黄色的边。

"秩序，进步"是巴西国旗上的一行字。"进步"无须多说，"秩序"是其要突出的价值，这是否是南美、拉丁美洲或美洲普遍追求的社会价值？"按秩序，慢慢来。"这是陪同我们的乌拉圭女士挂在嘴边的话，每次下车前都反复强调。不光是说，她还要指挥我们按要求落实，排队，先后，保持距离，跟随她。这有点像中国官场的规矩，按官阶大小，依次排序，进出会场也照此鱼贯而入，鱼贯而出。

牛与羊在草地自由自在，晚上也不"按秩序"集中，没有舍。像草一样自由生长，草不动，牛羊动，云动，风动，心动。

悠闲，文明，热情，个性。

万圣节，餐馆的服务员扮成各种鬼脸，很自如，男男女女各个孩子都能从外至里地驾驭那个装扮。吃个鸡蛋也体现追求个性化的特点，放一堆生蛋，放个锅，放一支笔做记号，水永远开着，自己煮。啊哈，一枚鸡蛋的软与硬对一个人的喜好来说太重要了。每个人都有一个心中的自我，社会与文化也承认和尊重这个自我，各个自我又形成多元且个性的社会文化。每一枚鸡蛋软与硬，每一杯葡萄酒好与坏的逻辑都在这里，这大概就是西方社会文化价值的"硬道理"。

天逐渐黑了下来，窗外，先有阵阵男女的喧闹声，是年轻人的声音，再有鼓点响起，沉着且激烈，低回且昂扬，先缓再急，疾而又徐，很久很久，是单调的重复，不变的节奏……也许，只有简单的固执才能宣泄内心复杂的背负。

12. 上帝是巴西人氏

13. 维多利亚港的一只鸟

2016 年 11 月 10 日　　星期四

香　港

　　我一直觉得在内地大城市，往往少了芸芸众生对自然空间的拥有，一切都那么局促，以至于感到不能自由爽快地呼吸。但香港却不是，香港有人挨人的地方，但更多的是城市的廓落，人与人，人与城市，人与自然的距离拿捏得刚好。

　　昨乘船由澳门赴香港。对面坐一潮女，一直在自拍，照镜子，扭动头颈和上身，摆姿势，化妆，惺惺作态，旁若无人。前后左右围坐这么多人，她年纪轻轻却有如此放松的心态，真是一代更比一代强。由于就面对面坐在眼前，不得不看着她，眼睛大大的，但脸长得很丑，五官的比例说不出来的不合适，两只大眼的间隔过大，长长的假睫毛忽闪忽闪很吓人，脸和嘴唇涂了很厚的东西。是那种被整形医生看到就想动刀的脸型。

住"万丽海景酒店"，去年也住这里，酒展的会场设在下面的"香港会展中心"。巧了，上次住的房间大致也是这个位置，今年是 3222 房间。面对维多利亚港，我马上想起去年记录一只鸟飞旋于此的情况。

"2015 年 11 月 6 日。拉开窗帘，与我打招呼的是这只鸟，细辨，是只鹰隼，体量不大，但比鹞子大些。""海湾已是城市的一部分，没见到白色成群的鸥类鸟。那只鹰隼，这里是它的领地吧，它绕着维多利亚港转圈圈。""它已熟悉了领地的一切，每日盘旋于楼侧，车之上，船之上，水之上，间或在开挖的工地，沙土堆场，人工绿地觅食。它又飞来了，就在我 33 楼的窗下，我的眼前，又或于我的头上。""2015 年 11 月 7 日。早上与我打招呼的依然是这只。可以确定是三只，能同时看到。两只在追逐，一只在盘桓"。

港人比较懂葡萄酒。喝酒会注意产区，会比较不同款之不同感觉，懂得葡萄酒因特色不同而各具魅力，知道工业酒与"酒庄酒"的差别，或许因为他们既是中国人，又了解西方的缘由，倒不像内地人过于关注价格和名气。说香港是文化沙漠的人未必有文化，更未必懂文化，港地商业成功的光芒掩不住汉学西学交汇相融的香港文气。

饭后回到酒店，担心睡觉的事，又换衣服围绕酒店步行一个多小时。还是睡不着，约 2 时吃半粒"思诺思"。今早 6 时起来洗澡，上 40 楼吃早饭。看窗外，原来香港也是"可以有薄云流动在山腰的城市"，真好，中国真不容易有这么好的大城市，在 40 楼又看见了那只鸟。想，倘若只有高楼大厦林立密布，而没有山与水来穿插疏密，区隔分配空间，则城市必然会"大"到"病"到"死"。葡萄酒又何尝不是如此呢？

早饭后碰头这几日活动，原来今天是个空当，可以一人出去走走。花 2.5 港币在湾仔乘小渡轮去对面九龙。以前来港我经常坐这种小轮，以为很香港。在尖沙咀天星码头下船，先奔香港文化艺术中心去，这是每次来港都要转转的地方，由此上行政大楼四层，看了"梁汝章水彩画写生展"，并与梁汝章先生交谈，购《梁汝章水彩画写生选》。之后踱至弥敦道地铁尖沙咀站乘地铁，经佐敦、油麻地，在旺角下车。走走看看，有点累了，但遇到有老人倚仗且被人扶着蹁行，感到自己还行，突然心血来潮，决定沿弥敦道步行到尖沙咀天星码头。结果还是没有实现这个目标，右膝痛，想坐下来喝杯热茶。在尖沙咀"亚太中心"（如果没记错的话），"336 谢谢侬，上海婆婆"餐厅吃饭，茶不错，白饭，两块红烧肉，一碟鲜笋咸肉，好吃。步行至码头乘小轮返回酒店，躺了一会儿。

下午又出去走，右膝还是痛，沿二层平台至湾仔地铁口，在三联书店流连，购《木心美术馆特辑》及几幅小画册。天渐晚，折至码头，再乘天星小轮，意在兜风。连通码头的临建走廊有幅标语

"工程拨款不能再拖，为保就业促请剪布"。返回时，天更黑，霓虹更亮，风更大。见水中有几只小艇，我这个老渔翁一看就明白，是幸福的钓鱼人，艇头艇尾高挑灯泡，以示警来往大轮。时而舱里亮起灯火，以便操作手中纶丝，之后又熄灭了。

黑暗中，我瞭望天际想找那只鸟，无果，大概休息了。

14. 一棵十一月的树

2016 年 11 月 16 日　　星期三　　有云

画　画

　　西北地，一到秋后，人们心理上就有冬天快要到了的潜意识。绿色变为黄色，黄色之后是凋零，凋零之后是冰冻。其实，十一月份是应该好好享受的季节，多么好的当下，不热又不太冷，天空高远，田野变得多姿多彩，衣着亦可变换多样。再有雅兴，可树下篱旁，欣赏极致的果与极致的叶，人们不屑理会的残留果实，风吹即离的败枝衰叶，疲惫得已不再挺拔的草丛。飞虫并不叮咬，极少再飞舞，只是成群伏于草茎与枝叶上，借光热充足时再喘息，等待生命的终结，倘若再有一场风，它们会与落叶一样，悄悄消失掉从不起眼的生命。

　　晚秋至初冬季节，秋杪之后，阴历也叫"小春"，说"小春日和"，大概是有人体会到此时真实的天气比心里的天气暖和，犹如春天，甚至看到有些植物在和煦的阳光下二度萌芽开花，催人享受适时而为的幸福。

十一月的调子特别的低，像芸芸众生中的一个人，平凡的、累了的、随意的、自由自在的、无用的、平白的、干净的。这也像天天走在路上，碰见谁就是谁，谁就是谁，大多的就从眼前过去了，谁也不识谁，谁也不是谁，统统过眼云烟就是了。但你却偏偏注意到了它，又被触动，十一月。

摊开画纸的时候还没打算画什么，只是裁纸，备笔，直到要选取颜料时，才想应该画什么呢？于是，习惯性地拿一张稿纸，开始既思既画既写：

十一月的树

三分之一处取水平，铅笔给出斜坡之线。

天。十一月。丰富的色彩。柠檬黄下部，顺斜坡走；中部给点红，适可而止的红，两者自然交叉，颜色自然交融；蓝+红混刷上部。烘。天是自然的混然的，上中下是我的，我是主观的。丰富却又低调的把握。仿佛云消失在云中，天消失在天中，色彩消失在色彩中。十一月就在十一月。

远树。柠檬黄+蓝+红。有浅绿、有黄、有棕黄。虚实间有。高矮错落不一。

坡。大笔刷，土黄色主调。快刷，刷出层次来。有那么多虫子叶子枝子果子在那里。趁未干，再饰远树与斜坡。加些小灌木吧，它们就在那里，虽然已没了几片像样的叶子，但每年都是它们最先走进春天。每年的某天醒来，不经意间看到它绽放出青黄粉白，忽然才感到春天真的又回来了。想给点棕色，但算了吧，突兀，会破坏画面的感觉。烘。

树。十一月的一棵树。它澹然地站在那里，有一种不被注意的风雅，经历春夏秋冬，懂四季，它愿意选择十一月做起始，等候下一个轮回。棕+红，树干弯曲稍斜，它有点累。

是什么树呢？沙枣、臭椿、馒头柳、土榆、黄栌、梓树、皂角、小叶杨、竹柳、合作柳、白皮松、白蜡、桧柏、槭树……不管它了，什么树都行。是谁就是谁，像谁就是谁，谁也不是谁。仅仅一棵平凡的、累了的、自在的、无用的、随意的、平白的、干净的树，十一月的树。

坡下。用大刷，短刷之。棕、橘、红、绿；再红。在杂草枯叶下藏着好东西，或许有许多已经死去或即将死去的小虫虫，各种各样的小虫虫，没有人注意到它们，它们也无须被注意，它们是生命的光，一闪，就没了。不少好东西。那些虫虫，那些果子，那只鸟和狗屎猫屎，好东西。烘。

树叶。先绿黄，再棕黄，稀疏的，颜色不调混，直接用大干刷点之，用刷的一角点之。烘。用勾线笔画那些极致的叶与极致的果吧，人们很少注意它们，它们也的确不怎么样。它们是我这幅画中最小心谨慎的地方，提、按、顿、挫，手有点发抖，人老了就是这样。十一月，什么都经历了。棕色，枯干的枝条。

树下。是花是果是叶是枝？蓝、橘、棕、红点之。还有白色，可以遮蔽一切的白色，人最后时刻往往会用到它。水彩画教科书里不用白色，别管它什么教科书，我要白色，最后的色彩。

15. 点鲇鱼

2016 年 11 月 24 日　　星期四　　云

整理残存稿，之一

　　为了"钞"这个"杂琐闲"，这段时日翻看了不少我的笔记、记录、草稿，杂碎多，未誊清的草稿多。当时的情趣所在，文字也还算顺当，有兴致理出了几篇，此其一。

　　麦子快熟的时候我们会去"点鲇鱼"。

　　倘若在钓鲤鱼鲫鱼时偶尔上了一条像样的鲇鱼，那么水边会有一阵小小的喧豗，钓友们围拢过来看看，赞叹着，估计估计这条鱼的分量……有人问："咬钩是黑漂吗?""是黑漂的。"钓上鲇鱼的人口里小声应着，心里暗暗得意。总是这样的，一旦钓获了大鱼，钓者面对同伴询问时就会显得稀松平常，脸部也尽量变得没有什么表情。这实际是在说：钓大鱼么，对我来说是算不了什么的。而一旦说起脱钩的鱼，就会有不尽的遗憾和不尽的因由，用手向大里比画着："哎呀，个头不小！草根缠住线了，跑了。"

鲶鱼有多种钓法，而"点鲶鱼"最具技术含量，也最过瘾。在和钓友闲聊的时候，每每谈及点黄河鲶的经历，总能令大伙钦慕不已，这个时候，我也会炫耀一下自己点鲶鱼的功夫。

来到水边，鱼是主，人是客。

沿黄河或渠沟寻觅合适的钓点，有石头堆砌的旧堤老坝是首选的好钓点，沂岸洄水的弯子若杂木丛生也是不错的地方。鲶鱼喜欢栖息在水流缓慢且光线稍暗的地方，石缝里，树根桩柱隙间往往藏着大鲶鱼。说到这里，我禁不住回想起草鱼的芦苇荡，鲫鱼的蒲草丛，鲤鱼洄游的水汊弯子，鲢鱼酷暑午间阳光直照下，淳水如镜的湖面，还有白条鱼划过水皮形成的楔形涟漪。

长竿，短线，单钩，不用漂子。觅小青蛙或蚂蚱或飞蛾挂于钩上，亦可使用拟饵或事先准备的鸡肠子、羊肝等肉腥什物。我是喜欢在去钓鱼的路上捉些活物，放在一个小木盒里，盒顶端有个推拉方便的盖子，养着备用。记得一次揣在身上的盒盖没有推紧，发现时，身上布满了蚂蚱、蛾子，衣服口袋里还有两只小青蛙……

鲶鱼视力差，听力却非常好，有一种特殊的感知能力。因此走动不能出声，尤其不能有振动的声响。行家会告诫新手："别敲地！"是说抬腿落脚要轻。"记住，下次要穿软底的鞋子！"这就是传授秘籍了。

双手端竿，致钓饵于水面，顺流边走边用钓饵轻触水面，人的感觉在竿梢尖的那一点，在钓饵碰水的那一点，似蜻蜓点水，此谓"点"矣。呀，"点鲶鱼"，这一个"点"字点出了它的巧道。

点与点的间距不能过长，有个三拃五拃的距离就行，点与点的频率不宜太快，让饵在水面有稍许停滞。也许，就在你持竿控饵有些不耐烦的时候，会有大鲶鱼突然跃出水面就饵来了……

鲶鱼咬饵后会含住饵钩迅速下潜，钓组无漂，这时要沉着判断，根据线和竿梢的状态随机决定何时抬竿，新钓手往往抬竿过早，鲶鱼并未真正将钓饵深吞，只是含食下潜而已，此时抬竿，结果是空钩腾空，兴奋的心情顿时化为乌有。在我的记忆里，怎么叮咛新手"千万不要过早抬竿"都是不管用的，非要等他自己有几次提空的经历后才能记住。

有趣的是，小鲶鱼脱钩后会悄无声息地消遁，大鲶鱼往往会在水下不慌不忙地转个身，水中卷起一个深深的旋子……分明是在嘲笑谁呢。

1986年前后，我们几个人痴迷于点鲶鱼。那时，每天骑着自行车上下班，上班时就准备好钓具捆绑在自行车上，下午下班后不回家，径直出城向南郊外，沿唐徕渠各自寻了地方点鲶鱼。鲶鱼晚上活跃，傍晚以后是点鲶鱼最好的时间段。

有一次，收获颇丰，鱼的个头也大，点得有些收不住了，天色渐晚，朦胧中只凭感觉，听见"哗啦"有声，竿子有拉动，心中便默数1、2、3、4……9、10，"提!"抬竿就有，十分惬意。正点得来劲，忽然感到身后有什么动静，回头一看，有一个人推着自行车疾跑，小偷么？再看，不是，月光下我的自行车依然立在那里，那么，他跑什么？为什么不骑上呢？

一时没有想明白，还是继续点我的鲶鱼。不一会儿又有动静，这回是在我的前方，隐隐约约立着一个人影，我们似乎对视了一会儿，突然间他转身就跑，脚步声合着叮当作响的自行车颠簸声乱作一片……刹那间，我开悟了，意识到是我吓着人家了。试想，荒郊野外，树影风声，黑魆魆的堤坝上，只见一人双手持物，躬身作态，似蹲似立，非驻非移，时而面水，时而向丘……谁能明白这是干什么呢！钓鱼人已深深沉入水中的禅局，全然忘却了局外的世界，怎么能不吓破堤坝上夜行人的胆？

我已经多年不点鲶鱼了。

去年心血来潮突然想去点鲶鱼，于是翻出当年的八米长竿，出城向南又来到唐徕渠，近处的钓点已建成了公园，再向南，心中记得应该有个好钓处，走了一段，见有土堆横在路上，车子过不去，便提了竿子爬上土堆，向下望去，见渠内坡已经水泥砌护，没了落钩之处，立在那里呆呆看了很久，遂钓意全无。

转过身，从另一侧下了土堆，豁然见树丛下有明晃晃一池水，走近看，是人工挖筑的池塘，长方形，四周齐整，坪路坦阔，是专门用来钓鱼的。正有两个人坐在考究的钓箱上钓鱼。旁边房子有个人迎出来，问："是不是来掐鱼的?"我没听懂，他用嘴努了努那俩钓鱼的说："是不是为明天比赛练习?"我摇摇头。

如今有各种钓鱼比赛，各色各类竿线钩饵漂坠抄护都汇在这里亮相，池塘便是秀场，穿戴好现代科学技术赶制出的长袍短褂，为速度与频率来走秀。鱼被预置在池塘里，仅仅为的是以它被钓的名义。

兴许是我的出现打搅了他俩。俩年轻的钓鱼人同时转过头看着我，准确地说是看着我手中的竿子，旋即，两个人相视笑了笑。我知趣地挪步走开，拎着这根旧钓竿，是如拎着一段历史吧。

16. 不是文章，也不像个东西

2016 年 12 月 2 日　　星期五　　晴

整理残存稿，之二

今天翻看书橱里的残存稿，发现两篇在中央党校和国家行政学院写的东西。的确不像个东西，但只能是个东西，不是文章。两篇都是手写的草稿底子，原稿应该交给学校了，前一篇时间是 2011 年 6 月的，后一篇是 2016 年 3 月的。现照抄如下：

学 习 小 结

窗外的知了开始鸣叫了，这就是说天愈来愈热了。

只是两个月前，记得刚立夏，正是灼灼其华，声声布谷，春意犹存的时节，有一批批，之后又一班班再一组组被称作"学员"的人集合在这里——读书乐、听课忙、切磋喏；求师切、问典苦、健身热……然，"日月忽其不淹兮"，布谷已不再扰人入睡，24 号楼下那窝入校时刚出生的小猫崽崽，也已能蹿跃攀爬，翻扑虎伏了。这美好的集中学习的日子已然是留不住了，但能留住的东西兴许总会留住吧，在南海、在北疆、在山村、在会堂，找出中央党校的笔记本翻翻，再对对理论与实践的账，推敲推敲"实事求是"的文章。

书是不少，现在该考虑考虑如何分分类，打包带回去了。"经典"是花时间翻了翻，习校长说的那十几篇用得时间稍长些，有些篇章读得痛快，有些篇章还整不太明白，虽然向学校反映了，但始终没有安排老师辅导辅导咱，待后再啃吧；"闲书"读得上了瘾，该收一收了，不然回去看文件会感到别扭的。

讲义和课件当然要好好保管着，不能小视这东西，别看老师课堂上说得轻松，其实都是下功夫准备的，每个课题都是专门家专门经营的专题，内涵丰富着呢，回去再抠抠。

小组和支部的交流发言我也用心记了，学员间交流最大的特点是真，尤其是课间休息或吃饭时聊的，不经意间才见学识见功夫，抑或还有党性。有味道，慢慢品吧。

不能不说的是两个月的又一大收获，学会了"太极拳二十四式"，现在可以连贯地打下来，回去我会坚持打，有机会再来党校时试着与何老师切磋切磋。另外，我快步沿围墙走一圈（四个门都要到）的时间为28分钟，我每天走两圈……

写到这里突然觉得不对头，"学习小结"似乎不是这样写的，想着重新写，迟疑了一阵，又对照《学员学习考核登记表填写说明》，觉得也基本符合要求，两页纸，字数也合适，算了，不重写了，就这样吧。

窗外的知了还在鸣叫，北京真热，家乡凉快。

关于城市工作的两点建议

2015 年 12 月 20 日，中央召开城市工作会，总结归纳了 37 年来中国城市发展的是与非，功与过。会议既自豪我们创造了人类历史上城市发展建设的奇迹，又认为现在城市在规划建设管理上存在大量问题，"城市病"严重。

我认为，无论是与非、功与过、好与坏，这都是中国城市发展的必然。中国城市发展的现状，正是中国历史、文化、政治、经济、制度的真实体现，好亦由之歹亦由之。

16. 不是文章，也不像个东西

针对存在的问题和"城市病"，提两条具体的建议：

一、城市规模不宜太大

城市太大本身就是"病"了，而且是基础性的病，之后才是交通拥堵、空气污染等诸病。一个建成区规模太大，人口规模太大的城市是不宜居不人本的，不是好的城市。

不仅是单个城市，"都市群"、"都市圈"之类也不适合世界人口第一大国的国情，盲目发展必然会积累出种种"城市病"。"城镇群"或更适合中国实际。现在实施的"京津冀一体化"战略，须进一步厘清思路，不能一体化地继续做大人口与经济规模，而应一体化地做减法，向"京津冀"以外的中西部地区调整，中国这么大，为什么只盯着"京津冀"一个点反复叠加，首都的专项功能在960万平方公里内都可以安放。

二、城市规划的关键是"控制"

"城市病"成因主要是规划出了问题，建设与管理是其次。科学控制是规划的本质，首先规划本身要科学，控制与引导的指标应清晰明确，不是人要做什么，而是人不能做什么。确定山、水、人、城的关系，控制自然环境与人主观作为的关系；控制城市与经济发展的速率；控制城市的规模与人口。

城市发展不可能是"一张蓝图绘到底"，规划总是要变的，我们的问题是变的速度太快，变的强度太大，变的程序不严格。追求"三年一小变，五年一大变"，只会写"拆"字，只愿写"拆"字；不会写"留"字，不愿写"留"字。城市发展变化的历史犹如树之年轮，而我们这棵树，近几十年来年轮的间距太小了。因此，依法依规，控制和限制强势政府的权力，尊重城市发展规律，循序渐进，才能使城市健康发展。

16. 不是文章，也不像个东西

17. 主持几天家务的记录

2016 年 12 月 2 日　　星期五　　晴

整理残存稿，之三

　　这就是个记录，家里的事，外人不一定能看得懂，也不一定感兴趣，甚至会觉得无聊，但是我的趣味所在。我在后面加了个注释。

5 月 24 日（星期二）

　　老婆外出，我主持家务，觉得应该把有些事记下来，特别是花与头①的事。头与花不谐调。花感到自己的靠山不在家，情绪不佳。头却乘机欺负花。对峙，追逐，到处是猫毛。中午花躲在二楼卧室窗帘后，头慢慢逼近，花发现后凄声大叫，为阻止大头，我只

---

　　① "头"或"大头"或"白猫"，是只白色的公猫。2007 年出生于我家，它妈妈是我们收养的一只黑白花流浪猫。"花"或"花猫"，是只小母猫，也是院子里的流浪猫生的，说有暹罗猫的血统，特点是只认一个主人，它只认我太太，把她作为自己的靠山。这两只猫都是室内猫，从不出门。均做了绝育手术。

好放弃午睡。

下午人虽在园子里，心却在室内，担心俩猫。

预告有风，外出吃饭，关所有窗，仅留一窗一小隙。

晚饭回来，观楼上楼下，又有大战痕迹。窗台及窗上有排泄物，窗纱零乱。拖、擦之。

5 月 25 日（星期三）

为让花多一个可躲避的地方，将更衣室窗帘留出一个空隙。俩都不吃早上的"羊草"①。外面三只猫②都在睡觉，小毛绒饭后仍不高兴地叫唤。

早起，准备去食堂吃饭。见昨日猫排泄物，再擦再拖。见花谨慎地走走闻闻，头在阁楼的纸箱洞中，情绪亦很低沉。

晚上似情绪稳定，俩都在一楼，各在一处，我亦只好在一楼，陪它们一直到睡觉才上二楼。

5 月 26 日（星期四）

今日俩似乎好一些了。花在一层的时间多，头也不多主动出击。我的方法是只要头追花，我即，一阻止，二轻打它的头。

---

① "羊草"，猫爱吃草，每每喂草时，都把猫唤作"羊"、"头羊"、"花羊"云云。

② 外面三只猫，分别叫"小毛绒"、"黄猫"、"麻黄素"，均为室外猫。"小毛绒"是浅驼色的公猫，未做绝育手术；"黄猫"是母猫，做过绝育手术。是室外资格最老的猫，常跟我去散步；"麻黄素"是只黑黄条纹的母猫，比"黄猫"辈分小，做过绝育手术，聪明，有个性，是捕猎高手。
本来两只室内猫的关系不错，但前不久"小毛绒"不知怎么窜到屋里来了，大肆追逐"大头"，"大头"被吓着了，大小便失禁，一直缓不过劲来，看到谁都是一惊一乍的。大概是把"花"当成"小毛绒"的内线了，一见花猫便追咬。

俩吃、拉、喝都正常。

5月27日（星期五）

早上我正在门口椅上换鞋，黄猫衔一只黄羽黑尾的小雀，已殁，似刚刚捕获，置于门口垫子上，用脚踩住，撕咬羽毛，一会儿，小毛绒过来。再看时，小雀只剩两片翅膀……

室内俩猫尚可。头仍然追逐花。

给东侧园子施肥。

5月29日（星期日）

昨天晚上睡前再到院子转，回屋时觉得脚下踩上一个软物，下意识地调整了重心，开灯看，一只老鼠，比平时的大，仍是家鼠。猫总是把战利品摆在家门口，像是向主人汇报。

今早门前又一只麻雀仅剩残翅。草地上麻黄素又正在匍匐一群麻雀。

室内俩猫仍紧张。阶段性的，我楼上楼下不停阻止，白猫对我低鸣发威，花猫缩于一处，至晚方化解，一夜倒也听不见什么。

沙枣花仍有余香，金银花又开放，清香幽微。今日园子里干了不少活。又有人来观看考察园子。

5月30日（星期一）

中午回来看，今日上午还可以，没有追逐的痕迹。花在电脑房睡觉。下午也可以。

5月31日（星期二）

早上，大头抵进花则怪叫，所以并非只是大头的原因，花也太敏感了。靠山不在，它情绪不好，我又不能替代它的靠山，只好维持吧。

看到花卧在那儿，头上的毛毛支棱着，心想也不让我梳毛毛，只好等它靠山回来吧，谁让它只找一个靠山呢。

6月1日（星期三）

今天干了不少事。

为拟出版的《富兰克·克拉克画册》写了篇序文。外面园子里，搭架，固枝，浇水，铺砖，冲洗台阶等等。做三顿饭。陪五只猫。

今天大头与花表现很好，基本和谐。为奖励它俩，我给它们采了三次"羊草"。

6月2日（星期四）

花与大头和睦相处，中午还同时在我睡觉的被子上卧了一会儿。虽然有时快速追逐，但却是细尾巴，这是在玩。此阶段主要是花的问题，它不把头当敌人，就不会引发战争。

6月3日（星期五）

挺好，一块吃草，一起游戏。虽尾巴时粗也没把对方当敌人。

今天发生奇迹！

花终于让我抚摸它，抠脖脖，梳毛毛，还在我腿上蹭来蹭去。俩猫的关系亦不错。

但是晚上10时，我刚出门到院子，就听见屋里一声叫，进来看，有花的白毛在地。头又追花了。

6月4日（星期六）

给花梳毛，抠脖脖。花在我俩腿之间蹭来蹭去。抠它时还卧在我脚上，发出呼噜呼噜声。

6月5日（星期日）

花与头一切正常。给花梳毛。

6月6日（星期一）

花抱头的脖子，俩正常嬉戏。

6月7日（星期二）

花每天都和我玩，今天尤其黏我，头看到很不高兴，但俩关系已正常了。

杂琐闲钞

18. 爸爸去世后

2016 年 12 月 3 日　　星期六　　晴

整理残存稿，之四

这三份文字都是爸爸去世不久后写的，归后。（一）什么时候写的没头没尾的两页纸；（二）关于父亲后事处理费用和有关情况的说明（给小林哥、影姐、娟姐及林逸、八代）；（三）给组织的说明。

（一）

这几个月，去爸爸生前的小院比爸爸在世时还勤。

愿意呆坐在爸爸常坐的椅子上发呆。愿意出声地唤"爸爸"，愿意让泪涌出，就这样，心里才畅快些。

想给爸爸点支香火，找不着，以蜡烛充之，火苗幽幽的，随着心绪索然跳动，悲伤时又想哭，多久没有这样一种要哭的感觉了，不想再望他的照片，转过去，"嘣—"，很静，却声音很大。不知什么地方发出响声，突地蜡烛熄了，木然地看去，见置烛的玻璃烟缸已裂为两半，我相信，"嘣—"的声音是爸爸的唤。

我打扫爸爸的小院，阳光很灼，我喷洒了水，扫，挖坑填埋树叶枝条，归理各类工具，很投入，仿佛小时候干活在爸爸面前表现，想获得他的认可，他的确常常认可我，但我想直到现在我劳动时的认真劲仍不及他。出汗了，我用手拭，感到手很疼，有湿湿的什么东西，嘿，手不知何时磨出水泡，又磨破了，感到可笑，干这么个活手就打泡了。爸爸干活时很认真，会戴上帽子，有时会戴口罩，要穿一件干活的衣服，会戴手套。心想，如果戴上手套就不会磨破了。坐下来歇会儿，顺手拉开爸爸的抽屉，噢，就是一副手套，正是他平时用的。

（二）

一、爸爸的医疗住院报销和申请丧抚补助等费用都是我联系，由八代操心具体办理的，每笔费用都有收据。主要有：

1. 在医保报销医疗费：91079.17 元；

2. 申请丧抚费及轻纺局补助报销医疗费

（98447.87 元+456.41 元）

共：98904.28 元；

3.预交购墓地和安葬费（含骨灰盒）

共：10000.00 元；

4.火化费：3500.00 元。

在办完这些事后，丧抚补助费剩余：96917.95 元。

从中再扣除：

1.补交购墓地费：30000.00 元；

2.还小二替大家垫付的花圈等费用：3000.00 元；

则，共余：63917.95 元。

二、爸爸工资生前是委托林逸代管的，除去生前花销，到生病时共有129194.00 元，每月都有明细账目。爸爸住院期间，从中支付26000.00 元（其中，市医院19000.00 元；附院6673.91 元；杂费326.09 元），都有收据。

则，工资共余：103194.00 元。

三、爸爸去世后，亲朋同事送来礼金共计：51380.00 元（均有登记明细账目），我从中择出必须上缴的23500.00 元交组织处理（附收据）。

则，礼金余：27880.00 元。

四、需要说明的几件事：

1. 爸爸生前有遗嘱，房子留给林逸，这是爸爸的愿望，且法律手续齐全。

2. 爸爸房中所留物品，除我存放的什物之外，所留电器家具衣物等都很简单，所存食品除烟酒外大部分已过期，我已归了归类，如谁愿意留作纪念，可与我联系。

3. 爸爸生前多次说到要用自己的工资补助给妈妈看病养老，但妈妈也明确表示不需要。故，将爸爸所遗工资、丧抚补助和礼金三项共计 194991.95 元，按子女六均分每人 32498.66 元。林逸表示她的一份留给妈妈。鉴于华华在小字辈中最小且还在上学，我的一份留给华华。存折密码为××××，请自行去取。

4. 请大家记着给那些在爸爸病重和去世后看望和表示的人还情还礼。

5. 爸爸生前对自己的历史和工作上的事对我谈过多次，我也做了记录，爸爸所遗的一些文字资料等由我收存，待后整理。

专此说明。

2008 年 3 月 1 日

（三）

我父亲郝印奎于 2007 年 9 月 9 日去世，在处理父亲后事期间，亲朋好友以不同方式表示了哀悼，其中，除送花圈挽悼之外，也有送现金的。处理完后事之后，我从兄弟姐妹处要来所有礼单，从中择出不是父亲挚友至交、不是亲戚关系者所送礼金，共计贰万叁仟伍佰元（23500.00元）。这些送礼者多是我的朋友或同事，他们也是随现今当地的习俗而为，并无其他目的，但由于我领导干部的身份且按父亲在世时做人的原则，这些钱是不能收的，故按我多年处理礼品礼金的规矩，请刘甲锋同志代为登记上缴。

专此。

郝林海

2007 年 12 月 6 日

19. 答案，仍在风中飘荡

2016 年 12 月 10 日　　星期六　　阴

通化飞天津，北京飞银川

　　为什么要飞天津，下了飞机想问问，又忘了，大概是航班的问题。反正带了一摞报纸，在飞机上看报是我的习惯，都是过期的，平时扫一下题目，觉得值得细读，就塞到一个抽屉里，出差时再塞到行李里，走一路看一路扔一路。有时候过于陈旧，可能是半年、一年前的报纸，我会把日期遮起来，免得有人看见觉得这个人很奇怪。

　　不光看，还记。若一篇有价值的文章，则报纸又带回来了。一句几句话觉得好或有触动，即用笔头记下来，随身带着笔和酒店的那种小笺，这种酒店小笺我有一大堆，世界各地的，算是收藏了。也有没有纸笺的时候，就用飞机上的清洁袋，这种袋子内侧往往刷有一层油，不好写，用外侧，有印着"清洁袋"的一面，不要顾及袋上的印刷字，径直写上去，回去再辨认誊清。写满字的"清洁袋"我攒了不少。记下来的东西，有人家的，也有我自己的想法，大概一半对一半。以后可专凑几"篇"，恐怕也有趣，篇名或曰"清洁袋"。

这里还是先抄抄通化的片段吧，都是写在我本本上的，不是"清洁袋"。

从鸭江谷酒庄望去，江中有两个小岛，介绍说会随水势时有时无。鸭绿江冬不封冻。通化有4.5万亩山葡萄，集安有200多公里边境线。老岭山脉之前岭地区，谓"北方江南"。

与沈育杰、段长青老师谈。东北太冷，欧亚种大多不能充分成熟。"北冰红"，为山欧杂种，经三四代培育，为目前世界唯一可生产红色冰酒的品种。欧亚种有2000—3000年人类筛选的历史，美洲种有200年，而东亚包括山葡萄仅约半个世纪。国家级山葡萄圃设之，有400多种资源。

山葡萄也不是都不埋土，背阴和风大的地方也是要埋的。

在山坡上，看见了许多袋子挂到一排排的金属丝上，开始不明白怎么回事，下车看看，原来是采下来的山葡萄，被冻在这儿，大概是准备做冰酒用的。按规范，一般要求是在藤上-7摄氏度时采摘，这是先采摘了，再挂在这儿冻着。

酒庄，做大不如做强，做强不如做优，做优不如做特，做特不如做久。能都做到更好。

19. 答案，仍在风中飘荡

品的五款酒都有特色，公主白加北冰红甜型桃红；北冰红甜型；山玫瑰；北冰红冰酒；利口。

座谈。听几个老葡萄酒人发言。反复说到，东三省共用的老"红梅"，曾经是国宴必用。但后来的"三精一水"，被央视曝光，使得东北山葡萄一夜之间崩溃。觉得对中国现在所有的葡萄酒产区都有借鉴，赶紧找到当年的报道，好几篇。这里选一篇摘几句：

《大地》2003年第3期，《通化葡萄酒面临信用危机》

"2002年12月1日，中央电视台午间新闻30分'每周质检报告'栏目曝光通化假葡萄酒内幕，引发通化葡萄酒产业全面危机，一时间市场信用降到了零点以下。"

"假葡萄酒肆虐通化，凉水勾兑，'三精一水'，疯狂制假的程度，令人触目惊心。""朱镕基总理在中央经济工作会议上点名通化假葡萄酒事件"。

"据了解，除通化地区，'三精一水'现象，在其他葡萄酒产区也有存在，这就是有关报道所说的，通化地区假酒现象仅仅是中国葡萄酒行业发展的一个缩影"。

"'三精一水'无非是饮料，它应是一种合成的饮料。真正的葡萄酒应是'七分原料，三分工艺'，重点应在培植葡萄酒品种上下功夫，因此，我国葡萄酒真正同国际接轨，还需要一段路要走。"

十五年前的事了，但这样的危机在今天仍然存在，依我看，危机比当年"通化山葡萄酒"更大。现在，我国扎扎实实种葡萄，按照"七分原料，三分工艺"，耐着性子酿几瓶好酒的酒庄很少，全国也不过几百家，而进口酒经销商与葡萄酒推销中介有上万家，进口经销和推销中介的准入门槛低，葡萄酒质量和安全存在隐患。进口葡萄酒优劣不分，真假难辨。大规模工业化国产葡萄酒没有葡萄园风土，靠国内国外收购葡萄汁满足规模需求和商业目标。这些泡泡一旦捅破，后果可想而知。

"答案在风中飘荡"，"答案，仍在风中飘荡"，是鲍勃·迪伦的歌词吗？

20. 给年轻人的两点忠告

2016 年 12 月 17 日　　星期六　　晴

翻越卧龙山

车在山路上开得飞快，转弯的时候，要用手或身体抵住车体，藏族小伙就是山里人，路熟，神情就像在自家田里遛弯儿，时不时还四处张望着给介绍点情况。开始我们几个平川的人还有点紧张，看着司机轻松的样子，慢慢也就习惯了，只是他一说什么就赶紧搭腔，免得他老是单手撒把，左顾右盼。这么着，四五个小时的山路也就过来了。

"沃日河谷"，共约一万多亩葡萄。土地成本很高，与宁夏贺兰山东麓不同，这里占用的是山区稀缺的农田，从农民手中流转过来，流转费每年每亩 1500 元，劳务费和水电费也比较高。光照、气候和土壤条件倒是不错，无霜期 220 天。植有赤霞珠、美乐等欧亚种。周围有"神沟九寨红"等 10 个企业。收老乡种的葡萄每公斤 6 元左右。

石坎地，山体上一圈圈用石头垒起来的地，像六盘山的梯田一样，真不容易，土地金贵，葡萄也种得不错，值得宁夏的庄主来看看，相比较，贺兰山东麓的条件好多了。看得起劲，还想多看看，车沿着山坡向上盘旋，突然头顶上落下许多石块，大小如馒头土豆，好危险，幸亏没砸到人，这真是冒着生命危险看葡萄呀。原来是上面一块石坎田有个小铲车正在干活，我们车的司机跳下车对着上面又喊又骂。

昨天在成都雾霾太严重，住在"丽思卡尔顿"酒店，设施服务一流，很是讽刺，落地窗前置一望远镜于三脚架上，纵然想试试这望远镜，但一瞄窗外，也就罢了，成都几时无窗外了？今住小金县城的"小金川宾馆"，就在县委旁边，窗外望去，山好水好天好。想记点什么，记事本和笔落在车上了，房间里找不到一页纸一支笔。但有些配置却齐全，小桌上放着多种避孕套和"男女洗液"。我迂腐，实际这很正常，谁说过"这年头，思想很闲，精子很忙"。房里比外面凉许多，但制热风的机器永远吹进来的都是冷风，调试了半天还是关掉，吃半粒"思诺思"，加盖一条棉被（幸亏还有，大概必有），赶快睡了。

小金县过去叫懋功县，介绍说有许多电视剧都是描写这个地方的。每个人的兴趣点是不同的，我对什么几方面军与几方面军在什么地方会合，开了个什么会，有个什么人物，统统不感兴趣。小时

20. 给年轻人的两点忠告

候不感兴趣，成人后，老了仍然不感兴趣。这些故事杜撰的成分往往大于历史的真实。我从不看电视剧，30岁以后没看过电影，不看由人编造又由人惺惺作态表演的故事。对于"表演"的思考，我在前面《船儿回来鱼满舱》中也有提及。许多时候，我常常为我的这种"不爱好"而庆幸，同时也为那些整日在电视机前消耗生命的人惋惜。60岁后，常有年轻人问我有什么人生感悟和忠告，我说，有两点很重要，一是锻炼身体适可而止；二是千万别看电视剧。他们很意外，总以为我要讲些高大上的人生感悟，没想到我会说这么琐碎的事，他们不知道，我本来就是个琐碎的人。但我说这些话是认真的，我年轻时酷爱运动，什么运动都要试试，足球、排球、篮球、武术、摔跤、爬山、吊环、铁饼、跨栏……而且强度大频率高，直到50多岁，十二层办公楼，从来都是步行上下，岂不知身体许多部件都是有使用寿命的。现在右膝只能凑合着用，右腕、右肘也是。几乎所有职业运动员退役后都是病痛缠身。我常想，小的时候若有个成年人提醒一下就好了。很遗憾，从来没有人提醒，可能认为这微不足道。有一次我说完这两点，一个女孩喃喃道，成天看电视剧的是大妈大婶，不是我们……我说，好孩子，那就是我提前忠告你呀。

翻过卧龙山路过一镇子，在路边农家餐馆吃午饭，见柜子上有两瓶葡萄酒，拿过来看看，写着法国波尔多某某酒庄。老板娘见我们看得仔细，问，这酒多少钱？我说，你卖的酒，问谁呢？老板娘说，别人放这儿卖的。我说，那卖多少钱？她说，给钱就卖！这让我想起前年在成都参观"成都春季糖酒会",各种进口酒数不胜数,仅"拉菲"就有拉菲这个拉菲那个诸多名目,"拉菲"每瓶价格从 150 元人民币到 1.5 万元人民币都有。

晚上在成都应邀参加西农大葡萄酒学院同学会,都是葡萄酒专业人士,二十几个人的大圆桌,转圈摆了几十款酒,与年轻人品酒聊天,煞是欢愉,但这帮年轻人没请教我人生感悟这个大问题。

21. 流过来的溪水，因而流过去了

2016 年 12 月 21 日　　星期三　　云

今木心先生忌日

　　2011 年 12 月 23 日，我在飞机上随手翻阅一张小报，突然看到木心先生逝世的消息，心里很不是滋味，下了飞机，匆匆发了唁电：

　　　　"3 月 3 日还与先生乌镇品茗相析'会吾中'，8 月
　　　　25 日先生来电'每忆笑谈之快……愿有重见之一日。'
　　　　今日竟去了，去了先生该去的那个时代，在我们之前，
　　　　在我们之后。"

　　我与木心先生仅见过一面。2011 年 3 月 3 日，我从上海乘车

去乌镇，约定是两点半见面，但路畅车快，到乌镇东栅才刚刚两点钟，我不愿提前敲门，与几位朋友在先生院门外闲聊等候时间。正说着，门开了，闪出一个小伙子道，请进，先生已经在等了。

一方小院很素雅，路径碎石铺砌，一只黄狗立在庭中缓缓摇摆尾巴，歪头看着我们，不愠亦不温。经小院进一窄廊，左拐，小伙子探头向帘里叫声：来了！先生应声出来，与我等一一握手，转身指指门帘唤：请进。按先生手势，我在先生对面坐了。初见木心先生，觉得比想象中要矮小些，瘦些。南方的老式房子，光线暗，阴潮，先生穿得厚，戴着帽子，但气色不错。西式靠椅上铺块兽皮，斜对面有一幅先生的立轴，字不大。正对面似遮拦出的一间，大概是先生的书房，因为后来先生给我签名时是进出那一间的，他坚持要在书房里签名，很认真地做事，哪怕很小的事。

我说，提前到了，打扰您了。他说，早想到了，从上海来，往往会提前。先生问，你读了我哪几本书？我说了个名目，待说到《木心画集》时，先生说，"这个你也看了！"我说了说对水与纸的一点看法，举例到我印象较深的《艾格顿荒原》和《五山》两幅。先生吸烟，仔细听我说，时"唉"、"噢"回应我。我看到先生的眸子，很亮，极清澈，像个小伙子。我特别谈了对《会吾中》的一些看法，并向先生求教积存多时的疑问，先生每问必答，之后反复说了两次，"你不是一般的读者呀。"说到"俳句"，他的话显然更多了起来：说不要被"五、七、五"束缚，汉字不是日语。"有的时候我一口气能写许多句"。

茶不断地续，烟一根接一根，两个年轻人立在左右招呼，我俩谈兴甚浓，他说到尼采和《圣经》。反复提到爱默生。说《诗经》从小陪伴直到今天。两个小时过去了，我担心陪同来的人被冷落，拿出带给先生的两瓶葡萄酒，一件羊绒衫，几盒枸杞子。葡萄酒是我参与酿造的，两个年份，酒标一款是我的猫"大头白"，另一款是我在冰上钓鱼的照片。木心先生曰，"钓鱼又酿酒，雅兴，雅兴。"说到西北，他说到过云冈石窟。我说，那还不算西北。邀他来宁夏看看，他沉默片刻说，"作为一个梦吧。"我说，天再暖和些，到宁夏去晒晒太阳，南方潮湿，你这儿潮气大。他迟疑了一下，尔后"噢"，像是有所动。

送至客厅外，沿窄廊至小院，我坚决请他留步，他拱手，挥手，看我们转身。我环视小院，没看见那只黄狗。

之后，时有函电短信互往，说到来宁夏的事，已交换具体日程安排。8月25日，收到先生来信：

"郝林海先生大鉴，自识雅颜，每忆笑谈之快，幸何如之。后又蒙邀约宁夏之游，心向往之，奈二病（前列腺、白内障）都要动手术，是则不能远游访友矣。但海内存知己，愿有重见之一日！

木心顿首顿首"

我复信说，这两疾均不为大事，放心手术，来宁事宜，待后再议。

2015 年 11 月，木心美术馆落成，我应陈丹青先生邀请前往乌镇，行前，又将我存陈酿标"木心美术馆"，并拟文充副标：

"2011 年 3 月 3 日，乌镇东栅，木心先生的客厅。先生端详着我送给他的葡萄酒，喃喃着问了些什么……我已经记不清了。稍许，他将葡萄酒递给旁边的青年代威，说，'我是要尝尝的。'

不知先生是否尝过那酒？代威或许知道。

今天，我又带来了葡萄酒，依然是给先生的，依然是用那块地里的葡萄酿造的，依然是那只橡木桶。

岢为木心美术馆开馆纪念酿制，2011 年赤霞珠，共 330 瓶。"

"代威"，就是当年给我们开门引路的小伙子。美术馆开业那天我俩聊了许多，末了，我问："那只黄狗还在吗?"他愣了一会儿，再问，他说："跑散了吧。"

但那只黄狗的样子，我至今还能记得。

22. 沙 漠 漆

2017 年 1 月 5 日　　星期四　　晴

摆弄我的石头

　　我小的时候就喜欢石头，路边河边见到一块觉得好，就塞到衣兜里，家里犄角旮旯到处都有我捡的石头，洗衣服时常在兜里发现石头，为这事不知挨姥娘多少骂。后来工作了，还是愿意捡石头，休息的时候到贺兰山，到黄河，到沙漠腹地去寻石觅石，出差时有机会也捡，不太重的小块也花钱买了带回来。有一次从国外返回，行李里有几块石头，海关检查人员反复地看，又问了许多问题，问是宝石吗？我说不是。是矿石吗？我说也不是。大概西方人对喜欢石头这事没有感觉，因此总觉得我人不对劲，很可疑的。

　　我自以为懂石，请人刻了几枚闲章，"听石"、"读石"、"知石"、"宠物"、"可人"。

记得一日约几个朋友去贺兰山觅石头，一大早出发，沿小口子沟一直向山纵深去，带着馒头饼子咸菜，山洪沟中断断续续有泉水可以补充。午后时分才走到采石的地方，群山中兀立一峰，壁下堆满自清朝以来采石遗留的大小不一的石块。没工夫停留，各自背几块中意的贺兰石就往回返，天已擦黑了还没返到出发时的山门口，又饿又累又兴奋，一身的汗，背着沉重的石头，山风吹过来，冷，一种奇妙的冷，温润的冷，亢奋的冷。如今，这几块贺兰石还躺在我的阳台上，有时看见它们还能感觉到三十多年前吹在身上的那阵风。

不变的还是那块石头，人呢？那阵风呢？

到巴丹吉林沙漠觅石的记忆更深刻。

汽车一早从银川出发向西，过贺兰山才算真的上了路，于不尽的戈壁上整整一天，追着日头跑，眼看前面太阳就要掉到车下去了，就在此时，靠在车座上一路昏睡的朱君大吼一声，"到了!"朱君是我的中学同学，学地质专业，痴迷石头。他突然像变了一个人，两眼放光，手舞足蹈，招呼大家，快，趁着天还看得见，先捡几块! 说话间人已然趴在沙滩上了。真是的，夕阳下起伏的戈壁滩上一片闪闪发光，铺满了大大小小的玛瑙石。朱君兴奋得喘不上气："昨天刮风了! 昨天刮风了!"我没听清楚，听到的是，"谁谁谁疯了"，"谁谁谁疯了!"看他那个样子，心想，是你自己疯了吧。

当年，在巴丹吉林戈壁沙滩上，的确是"捡"石头。绵亘起伏的戈壁滩看不到边，间或有几根中蒙国界的水泥桩，也会有野骆驼伫立远处凝望我们。石头远远近近、大大小小散落在滩上。这一片滩上的石头是黄色的，那一片滩上是灰色的，再远处那一片滩上是红色的，用脚踢踢这块，用手掂掂那块，相中了的就放进挎包中，只是一个人背不了几块，见到更好的就弃掉原有的，就这么不停地捡，不停地弃，留下来的也就是自己最心仪的了，但往往很难取舍，觉得哪块都好，不断地心疼之前扔了的那块……

这些石头形成于亿年前的火山喷发，岩浆在高温高压下冲出地表，散落大地，二氧化硅为主的本质夹杂了多种元素，生变成千姿百态色彩斑斓的瑰宝。风吹沙打日晒千年万年亿年，沧海桑田，一阵风埋了，再一阵风又出来了，这500年在沙堆里，那500年在阳光下，每一块都不相同，恰巧你遇到了这一块，你是瞬间的，这块石头还会存在，带着你与地球亿万年的缘分。

当时只觉得石头好，喜欢，哪知现在这些石头身价不菲，被雅石行家称为"早期大滩石"，其中，有一种更是极为难得，叫"沙漠漆"，石表有一层浑然天成的自然包浆，是年复一年风吹沙打日晒出来的，呈深浅不一的橘黄色。

我有几块沙漠漆，那是我与这个世界的缘分。

23. 慷慨地传授一点冰钓秘籍

2017 年 1 月 21 日　　星期六　　晴

白天冰钓，晚上写《冰钓》

湖面结冰了。

"咔—咔—"冰的叫声带着长长的尾音，在空旷田野中传得很远。听着像是冰裂开的声音，其实是结冰的时候才有这样的声响，冰钓的人说："长冰了。"

冰层厚约两寸，胆大而心急的人就敢上冰了。这个时候虽然有些危险，但是上鱼好，老钓手都知道，"冰钓两头薄"，刚刚结冰和初春冰开始融化的季节最是好上鱼。

冰层厚约一拃时，我们这些胆小的人才敢试着上冰。年龄大了更是如此，非等冰冻得很厚实了才敢去钓鱼。冰越冻越厚，人愈老愈胆小。穿厚厚的棉衣，站在冰上，背过风去，守着一个冰洞，这时恰好阳光又能照在脸上，异样的感觉就会从心底泛起来。

在自然水域的大冰面上钓鱼，可得有点真功夫。

选点与打洞。

在什么地方选点凿洞呢？我的经验是，芦蒲丛边，冰桥（大冰面形成的裂隙）附近，水深浅变化较大的地方，一洼水之较深处……又如何知道冰下水之深浅呢？窍门是，先在冰上凿一个小眼，水涌出来，用芦苇秆或自备的绳坠探探深浅与地势水情。合适，接着把洞打完，不合适，再换个地方。别急别烦，钓鱼就是一项好整以暇的游戏。

冰下的事很诡异。往往这个洞里上鱼，会一条接着一条，连竿。而旁边紧挨着的洞口却横竖不咬钩，漂子兴许一天都不动一下。

用冰镩子巧使劲，小伙子几分钟就能打出一个漂亮的冰洞，碗口大小就行，太大了没用，还不上鱼。洞口边缘要仔细修整光滑，防止割断鱼线。好不容易上了条大鱼，遛了半天，最后是线磨断了，那才叫后悔。碎冰碴子要归成一堆，不要撒得满地都是，不然踩上绊上摔一跤。冰上摔跤与地上不一样，滑，往往把人撂起来再蹾下去，还好，一般是屁股先着冰，冰上蹾一下很痛，但钓鱼的人不说痛，却说："哎—惊了鱼了！"

我们这个地方，冰钓兴用一支钓竿，打两三个洞，洞与洞相距八九米，几个洞来回试着钓，不死守。撒上窝子食，安静下来耐心等候，有鱼，就守住了钓到底，时间长了还不见上鱼，就赶紧走人，换个地方再打洞。反正冰面大着呢。我在天津、北京看人家冰钓，洞一个挨着一个打成扇面，每个洞口都支上根竿子，竿上有线轮，竿身上还配个小支架，挺讲究的，钓鱼的人也个个神情严肃深沉，怀里还揣个什么物件取暖用，搬个小马扎坐在那儿，感觉是要在这几个冰窟窿上经营多大个产业似的。

我们这种"流寇"式的钓法也是合了西北人的性情，没目标就满世界找，找着了就死心眼盯到底。

不过，这就有了"雷锋洞"的出现。

有人性子急，打了洞，撒了窝子食，却候不住……一天打几十个洞，走几十里路，很辛苦，却没钓几条鱼。别人到他遗弃的洞上试试，哈，上鱼……于是这类洞被美其名曰"雷锋洞"。当然，新手，身体好热情高耐性差的年轻人是"雷锋洞"的主要制造者。

观漂。

冰钓看漂很有讲究。

漂的变化很弱很小，似有似无，谓之"轻"。倘若按照夏天经验等着送漂黑漂是钓不上鱼的。有个窍，为了抓住"轻"的那一瞬间，眼睛要观察七星漂在水面下的那两粒变化，冰钓的特点是人离漂近，加之水清水静，因此，目力要穿透水面看水中的浮粒。

有我当年钓鱼笔记在手边，抄一小段与大家交流："冰钓。抓第一口非常重要，在漂子缓缓下沉之时，注意停顿的瞬间，这是第一口，第一机会。但其与之后的稍稍上送之间的转换非常短暂，非常微妙，此时抬竿已经是第二机会了。"怎么样，很玄妙吧，请慢慢体会。

逗鱼与提竿。

冬天钓鱼要勤逗。逗鱼，缓缓地抬竿，三寸、五寸，缓缓地落下，水深的地方抬高些，但须缓缓地抬和落，不能急促。一个洞有一阵子没伸竿了，洞口结了一层薄冰，用小笊篱轻轻捞去，这个时候下竿要小心，往往会上鱼，个还大。

冰钓无论什么情况下都不能猛提竿。判断准确，一抖腕就有鱼。在冰面上用眼睛扫一圈就知道谁是老手：一手持竿，一手揣在衣兜里，"中鱼啦！"身体不动，胳膊不动，竿却已呈弓形，用一种没有棱角的内力与之较量，在几近断线的边缘上相持良久，鱼从冰中摇摇晃晃上来，钓者依然脚不移，身体不动，仅是胳膊稍稍上举，鱼已滑到脚下，这才悠悠地用手巾裹了，入护。整个中鱼，遛鱼，控鱼，感觉先在手腕，之后再肘再肩再……像写毛笔字。

线组。

小钩细线是通则。

粗线大钩是不上鱼的。四五斤的鲤鱼，黄豆大的钩子没问题。我习惯传统的七星浮漂配一枚小小的单钩。或一副七星漂主线，备多副子线，子线配个中空的坠，沉入草丛泥底，一旦挂草了就扯断子线再换一副，很灵敏，也很方便，上鱼快。

一次我们结伴乘车去钓鱼，天傍晚了，有个钓友姓郭，他那个洞上鱼正好，舍不得收竿，我们边收拾钓具边喊他："老郭，收了收了，回家了！"他头也不抬说："你们先回吧，我有车。"大家忙乱中也就先回了，车开了几公里，有人蓦地想起老郭就是与我们一块乘车来的，莫非他又约了别人的车回家？想想不对，我们是最后一辆离开湖边的车呀！于是返回，天已经黑透了，远远见冰面上有一个小亮点，闪闪灭了，又闪闪灭了……走近一看，老郭蹲在冰上用打火机照亮，头探到洞口上面观漂呢！

听到有人来，他好像才缓过神来，说："怎么？咱们也该回家了吧！"

大伙都愣在那儿，不知道怎么回答。

24. 三个母亲，四个母亲

2017 年 2 月 6 日 　　　星期一　　　云

昨天从临清返回银川

　　大年初六下午，我正在湖面冰上溜达，接到一个电话说，可能是小姨姨去世了，不能确定，于是我赶紧核实。的确，说明天出殡火化。飞机票已没有，选择晚上九点多的火车出发，天不亮到石家庄，再乘汽车直接到山东临清殡仪馆。我见到了小姨姨，我磕头送她走。1953 年 6 月 1 日，我出生在河北保定，不满周岁即来到山东临清跟姥娘过，家里常住仨人：姥娘，小姨姨和我，直到九岁，离开姥娘和小姨姨来到父母所在的宁夏银川。于我而言，童年的记忆即临清的记忆，我对"母亲"的认知始于姥娘和小姨姨。姥娘家是我的摇篮，尿炕尿湿的是姥娘和小姨姨的床单褥子，马市街 109 号是我的幼儿园，我人生的第一块耕地就在姥娘房子的南墙根下，我种植的第一棵植物是"指甲花"，我"耍水"的第一条河是京杭大运河，我上的小学是"武训小学"。我的躯体，我的调皮，我的懦弱，我的无知，我的任性都在她们的庇护包容下，我也从她们身上开始伸长自己的人生。

小姨姨实际年龄比我大十几岁，她承担着协助姥娘管理我这个"熊孩子"的艰巨任务。姥娘既疼爱我又不惯我，要求我坐有坐相，站有站相，玩是玩，睡觉是睡觉，念书是念书，吃饭时，大人不动筷子，小孩是不能动筷子的，吃菜只能从自己一侧夹，不能在盘中乱拨。姥娘出身大户人家，与姥爷成家后人称"程二奶奶"，她身材不高，仪态雍容，一双小脚，干练利索。她让小姨姨诸事都给我示范，令我学着小姨姨做。

每天睡觉前洗脚是规矩，但不知为什么我那么讨厌洗脚，为了对付姥娘，我常趁人不注意时用湿脚在地上蹭蹭，使洗脚水看上去是脏的，之后匆匆擦脚交差。姥娘有时觉得可疑，但又说不出什么，然而秘密很快被小姨姨捅破了。姥娘好生气，不光教训我，还让"程老师，你再给他上上课"。小姨姨是小学教师。"程老师"当然愿意落实姥娘的指示，她不光给我上课，还假公济私，让我陪她去公园和一位男同学见面（当时小姨姨正与未来的姨夫恋爱），我依稀记得那是一个池状的篮球场，小姨姨紧紧抓着我的手，不让我离开她。

"文化大革命"中搞"疏散"，我又回临清读了几个月初中，当年小姨已成家，姥娘还在世，我又像小时候一样，睡在姥娘身

24. 三个母亲，四个母亲

边，她给我掖被子，给我被窝里置暖壶，每天和她一块吃饭说话。有一天，看着她清瘦的脸庞和颤颤巍巍纤小的身体，我突然意识到了人要死，姥娘要死，人都要死，一个懵懂少年有了第一次对死亡的恐惧。

妈妈具有姥娘和小姨姨所有的特质，无论身体、相貌、举止神态都像极了姥娘，她仁义、善良、自俭、宽容、坚强。她关心所有的人，谁有病了，谁家女儿生小孩了，谁结婚了，她都要张罗着送二斤鸡蛋，几个罐头，几尺花布……几十年来工作单位和邻居都叫她"程大姐"。妈妈有一辆银川市最早的小坤车，黑色永久牌，是我们家在天津时购的，一直陪妈妈到保定，到银川，我也是用它学会骑自行车的。那时技术条件差，自行车的手闸钢丝接头用不了几天就坏了，我找遍了城里几乎所有修车铺，都没有好办法，那是当年困扰我的重大技术难题。小的时候我是妈妈的自行车擦车工，上中学后是她的自行车修理工，但那时我总是很忙，很烦，总不情愿。

她去世的时候我出差没能守在她身旁，但我知道，一直到离开这个世界时，妈妈都知道她的儿子爱她，就在她的身边，是她的依靠。

"程二奶奶"、"程大姐"、"程老师"都是我的至爱至亲，是上天派给我学做"温、良、恭、俭、让"的典范。是我的妈妈，我的母亲，我从姥娘、小姨姨、妈妈那里得到连续的母爱，这是我人生的最大幸运。

另外，我还有一位"母亲"。妈妈告诉我，我出生后她自己没有奶水，加之又有工作，从出生到一周岁，我都是吃"奶妈"的奶。妈妈常说，你这么黑，不像我，像你奶妈！或者说，你是小时候吃黑豆吃的，又黑又犟。因为奶妈的丈夫是赶马车的，家里有黑豆。奶妈姓邢，那一年我还去保定专门寻过"邢妈妈"，也托熟人查找过，只是无果。

24. 三个母亲，四个母亲

25. 二月最后的几天

2017 年 2 月 28 日　　星期二　　晴

抄抄原始笔记，之一

　　春节过后一直没心情坐在书桌前。但每天还记笔记。索性就抄抄笔记吧，二月的最后几天。

　　2017 年 2 月 28 日，星期二。午后风愈来愈大。

　　早上看窗外，有阳光，但看不见贺兰山，湖面水中倒映出孔桥和树的轮廓。见前排邻居家小狗"皮蛋"匆匆从小路上走过，向着回家的方向。喜鹊依然从西南向东北方向飞去。麻雀等着我喂，花猫躲在窗台上透过玻璃窥视它们，麻雀看见了花猫，但并不在意，它们知道花猫只能隔着玻璃看看而已。

　　中午后清晰地看到贺兰山了。云在蓝色中的布局很恰当，每朵云的虚实、大小、色彩都不同。我脑子里也有了一幅水彩天空的画面。傍晚喂"小黑"回来，发现白天的白云变成了灰黑的了，我想，倘若没有白天的阳光，云本应该是无色的吧？

走在草地里，"毛三"用身体去蹭死去且晾干的鱼皮，经常有这种情况，嗅草地上的什么气味，还在上面打滚，也喜欢在刚割完的草地上打滚。枯枝散落一地，风是大自然的修剪师，修树修尘修物也修人。

晚，阁楼阅读。

2017年2月27日，星期一，晴，有云。

《新食品》杂志和《糖酒快讯网》来银川为我颁发"2016中国十大酒业风云人物"证书。

去理发，快理完了才从理发师口中知道，今天二月二，所谓"龙抬头"。我问那为什么就我一个人来理？他们说今天人一个接一个，刚忙活完，你是最后一个。原来如此。

晚，阁楼阅读。

2017年2月26日，星期天，晴，下午清晰地看见贺兰山。

早，阁楼阅读。

享受两场电视直播的拳击：

①WBO，华盛顿 VS 维尔德，维尔德 KO 华盛顿，维尔德的确是值得期待的重量级拳手。

②IBF，赫德 VS 哈里森，赫尔德 KO 哈里森。拳击是所有体育项目中综合素质要求最高的，智力、心理、体能，包括速度、抗力、反应、耐力等等。

101

深水处有苇荷枯梗的地方鱼已开口了，本质是水体的温度，局部偏冷的浅水还不行。

梦中，突然服膺于音乐，不是通常的，而是西方的，叫严肃音乐还是什么，不懂如何划类的，在概念的纠缠中醒来。

2017 年 2 月 25 日，星期六，晴。

早，阅读。与草地、湖面、枯苇缠绵。陪"毛三"出去四次，两长两短，短约 10 分钟，长约 1 个小时。"毛三"长时间看水面上游动的一只黑鸟。这只鸟傍晚时分又见，似乎在苇丛旁边忙着做巢，不断地潜入水中衔起什物，游向丛中。傍晚时"毛三"没看到这只鸟，我看到了，它低头走路，我左顾右盼。

我遛"毛三"，与遛孙子的邻居相遇，邻居说，"叫爷爷！"孙子扭过头不叫，邻居说"没礼貌！"这礼数是人遛孙子用的，我遛狗，却少了这些规矩。但倘若狗对人家吠，则我需对狗说，不许叫，没礼貌。幸好，我的狗并没有叫。

右膝痛。下楼梯时尤甚。阁楼阅读。

2017 年 2 月 24 日，星期五，晴，干冷，融冰时。

冰的结融很有意思。湖面很大，深浅不一，结冰的时候先由浅的地方，结了又融化了，风把冰辛苦积累的面积随随便便荡去一大片，就这么反复着，忽有一日，完全见不到有水的地方了。每天都试试它的厚度，鸡蛋皮一样，锅巴一样，看似很薄，扔个小石块也砸不破。再侵到边上，用脚小心踩踩，很硬了。有走上去的心情，但还是没敢。记不清我是不是这片冰面今冬第一个冰钓的人，反正，冰厚三四厘米时，我打了一个洞，没上鱼。但我也没敢再向远处去。融冰时却先由大水面深水处启，水平静的地方后融，最后是浅水的地方。但最冷，冰最厚的时候，靠近湖岸的地方是薄的，甚至完全融化了，我想大概是水与土地的温度交界面，变化是最丰富的。

2017 年 2 月 23 日，星期四，晴，冰雪消融中。

中午太阳好，把"毛三"的褥子窝拿出去晒晒。忽想起丰子恺一幅画的场景，曰"今朝风日好，或恐有客来"。我却是"中午太阳好，狗窝拿去晒"。

草地上的积雪和湖面上的冰每天都在缩小，大大小小曲曲弯弯的地形图透露出春天的气息，水中有三三两两黑色的鸟，我恐怕惊了它们，尽量躲着它们，别弄出声响。地里有着急的小草已经泛出绿色，尽管是被掩盖在去年枯草中的，但我看见了它们。

江南是怎么绿的不知道，反正我们这里要靠风吹，一场一场的风，吹着吹着就绿了。

风沙弥漫，他那稀松柔软的头发居然纹丝不乱，真是下了功夫，下了真功夫。形象呀，猫狗不需要，人需要，有些人真需要。"认识的人越多，越觉得我的猫好。"梁实秋。

晚，阁楼读写。

26. 岁数大了真好

2017 年 3 月 12 日　　　星期日　　晴

抄抄原始笔记，之二

2017 年 3 月 12 日，星期日。

早，阁楼阅读。每晚这只鸟都在窗外叫，躲在某棵树上，声大而凄切。晚上梦见"小毛绒"，总担心它熬不过这个春天。

午看直播拳击，第三场，勒米厄 VS 史蒂文森，两人均被戈洛夫金 KO 过。第三回合勒米厄 KO 史蒂文森，史被担架抬下。我注意到台下一个黑皮肤的妇人，可能是史的夫人或亲属，坦然镇静且关切的神态，她的眼神令人难忘。

打字机 QWERTY 排列，最初是"反效率"设计，为防止太快而死机。宁夏葡萄酒也应是如此，好一点，慢一点，才能不死机。

2017 年 3 月 11 日，星期六。

早阁楼，下午垂钓，晚阁楼。

其实视角不一样或视角一变，看事物就不一样了。如从高处向下俯视，如深入其中看其中，如身临其境感觉身心，如远眺之朦胧，近视之隐约。"航拍"时髦起来以后，人们才知道，实际鸟的见识比人多。

2017 年 3 月 10 日，星期五。

早上，拿两幅弗兰克的水彩画挂在联合会办公室。《新消息报》俩人来采访。

湖边，一只垂死挣扎的鸟。一翅已和身体分离，但腿还在抽搐。我帮助它死去。用一张报纸裹着，移两块石埋压之。动物很幸运，它们没有对命运毁灭即将到来的恐惧，它们当然有痛的感觉，但不是人的感觉，不恐惧死亡，没有情感的割舍，没有我将在这个世界消失的忧思。

不见则不忧，眼力所见到的，怜悯能对付了，心也就安了。这个世界每时每刻都有那么多的不堪，若再扩大所闻所见，心就难以安静了。我曾有俳句"漠视爱也就解脱了爱的束缚"。

谁说："我的人生观是整体上的悲观主义，局部上的乐观主义。人生总体来说是一个悲剧。"

晚，阁楼阅读。午，客厅阅读。

2017 年 3 月 9 日，星期四。

上午最后定稿给宁夏理工学院的讲义。与电脑下一盘围棋。下午垂钓两个多小时。

千万不要把汉语的俳句带回到中国传统诗词的桎梏之中：那种极致的、完美的、精尽的桎梏。俳句是淡淡的，平静的，有弦外之音，钟后之韵的，是未尽的，隐喻的，是情绪和沉思一闪的瞬间，是际遇到人生积累的会意。也不要期望读俳句的人都能会意，好俳句应该是小众的情怀，大众的经验。

大半生光阴在仕宦羁旅。林中有两条路，我只能走一条，然几十年来总怀念着另一条，现在终于可以走走了。岁数大了真好。

"I was so much older, I'm younger than that now."

"梦里依旧梅花红了，怎么找到去年那个眼神呢"？《红粉》

2017 年 3 月 8 日，星期三。

与杨先生吃午饭。八十多岁了，但身体健康尤精神健康。官员身世，技术出身，说起当今页岩发展及相关技术滔滔不绝，令人钦佩。我发现不少有水利、地质、石油等部门工作经历的老人都聪慧睿智且长寿。纯"官员型"或"政治型"官员，老了，往往暮气。

今吟几句俳句，待推敲，归至俳存中，实际上，好的诗词流传于世的也多是只言片语而已。诗词更多的是在格牌韵律的覆盖下遣句炼词，再达意。而俳句则有瞬间的意即用最少的字词缀住，余音留给读者也留给自己。俳句只是钟之一击，尔后闭目静闻其声就是了，而诗词要围着钟正转几圈，反转几圈，再敲出韵律来方可，求的是意要尽达。

同样的葡萄品种，在不同的产区，不同的酿酒师手里，酿出的酒是不同的。不像已经工业化、标准化、大规模生产的可口可乐，在地球的什么地方喝都是一样的口味。尊重不同，追求不同，让不同的人选择不同的酒，允许不同的人有不同的想法和爱好，这是葡萄酒的文化。

2017 年 3 月 7 日，星期二。

理出三副乱线团。院子小石桌，一杯茶，花镜，牙签。用五指或十指逐步撑开乱线团，以钩或坠为标，用牙签掏挑。线团愈乱愈有挑战性，非常有趣，甚至比钓鱼还好玩。每次钓罢收竿，若有乱线团，心中总是窃喜。

研究几种"穗先结"和"抱紧结"法。给绳线打结是一件有味道的事，既要有想象又要有实践，既玄妙又实在，既简单又实用。不同绳线材质，不同的连接目的，不同的使用场合，有不同的结法。结法关乎于心灵，当一个人静静地琢磨结法时，能接受到某种暗示。

晚与几位银川市的老人吃饭。

107

27. 葡萄酒的情与色

2017 年 3 月 17 日　　星期五　　云

下午在理工学院谈葡萄酒

我讲的题目是《泛谈葡萄酒》，与宁夏理工学院师生边品酒边聊，当然不可能几百号人都喝，我带了贺兰晴雪庄、贺东庄和兰一庄这几个列级庄的几款酒，几位师生有幸品尝。以下是我的讲课提纲摘要：

一、葡萄酒的本质是文化

葡萄酒，一言以蔽之，情与色。

色者：光热水土、本色、自然的东西，风土……

情者：爱恨情仇，趣味，喜好，人文的东西，思想……

葡萄酒的本质是文化。葡萄酒当然是含酒精的饮料，是商品。如同汉字是字，是记录汉语的文字，但当作为书法创作和欣赏的时候，其本质是艺术。汉字，人人写，但使其成为"书法"则是另一回事，中国人认为那是高层次的事了，不仅仅是字了，犹如葡萄酒不仅仅是饮料了。

葡萄酒承载了太多的西方文化：

宗教（圣经）；生活方式；行为方式；价值观；思维方式……

类似于中国人的茶与茶文化，汉字与书法艺术。

我对西方葡萄酒文化的理解：

①自然的果实

②传统的工艺

③工匠的执着

④品鉴的细腻

⑤多元的追求

⑥独特的个性

⑦情趣的浪漫

⑧美好的企盼

⑨微醺的感觉

对中国而言，葡萄酒是舶来品（也有人不同意这个观点)。它较多地承载了西方的文化价值。文化是要相互欣赏的,所以国人想了解葡萄酒是需要以欣赏的眼光来看它,多一些好奇心。

追求特色和个性是葡萄酒重要的文化价值观。每一款葡萄酒都是不同的,源于品种、产区、酒庄、风土和酿酒师的不同。如音乐的七个音符,不同的曲作者犹如不同的酿酒师,可创作不同之妙曲,葡萄酒没有异口同声,同声高唱的"国际歌"。葡萄酒没有统一的国际标准口味,葡萄酒无神祇。

二、国外和中国葡萄酒简况

(一)国外

种植面积与产量与规模(据 OIV 数据)

几个初通葡萄酒的概念:葡萄栽培与传播;葡萄起源与传播;旧世界与新世界;世界主要不同产区主要酿酒葡萄品种;中国酿酒葡萄品种构成与比例。

(略)

(二)中国

说说中国的"三瓶酒":当今中国共有"三瓶酒"(共约 22 亿瓶,据 2015 年数据)。

第一瓶,国产工业化酒(约 12.5 亿瓶)。

或曰"工厂酒"。无稳定原料来源,主要依当年原料价格高低，从世界各地采购葡萄汁，不得不较大量使用各类添加剂和辅助原料，企业生产规模一般在数万吨以上，中国最大的单体酒厂生产能力可达几十万吨，产品有强烈的包装与广告意识。在当今中国有市场需求，企业有效益，系低档酒。可以选择性地喝。

第二瓶，进口酒（约7.5亿瓶）。

"混乱"、"真假难辨"、"良莠不齐"是其特点，据海关数据显示，2012年全国有4936家进口商（还不包括进口酒销售商）。只要有市场利差，任何牌子的酒在中国都能出现，价格亦基本不体现价值。如，某一法国知名产区的知名品牌，价格每瓶从数百元到几万元都有。若真正能购买到一瓶原产地装瓶，且储运条件保证的酒当然很好，但关键是，经一部分高智商中国人进口（或以进口的名义）的葡萄酒，往往使得大部分中国人难以辨认真假优劣。即便是专业人士，也无法从外观上判别。

第三瓶，中国"酒庄酒"（约2亿瓶）。

"真酒"、"好酒"、"放心酒"是之。葡萄酒用酒庄自己种植的葡萄或本产区葡萄酿造是其最主要的性质。

每瓶酒都约需至少1.5年以上的时间才能倒入消费

111

者杯中；每瓶酒都有与之相对应的葡萄园；每瓶酒都有自己独特的风土印迹；每瓶酒都有呵护它生成的种植师、酿酒师。

葡萄园及葡萄酒的发酵，沉酿、灌瓶等都在同一产区内。

三、宁夏葡萄酒产区的特殊地位

1. 上帝给的，不可多得的自然条件

"好酒是种出来的"。

葡萄酒品质的基础取决于酿酒葡萄的品质（糖、酸、单宁、酚类物质、成熟度等）；

干旱干燥加良好的灌溉（可控水）；

光照、昼夜温差、降雨量、海拔、土壤、小气候、荒地、积温、水质；

胁迫条件：冬季低温、埋土、晚霜。

2. "小酒庄、大产区"的"酒庄酒"之路

小酒庄："小酒庄"的本质是"好酒庄"。其特点就是每个酒庄都建在自己的葡萄园里，每瓶葡萄酒都有与之对应的那棵葡萄藤，有几棵葡萄藤就酿几瓶葡萄酒。追求葡萄酒多样性和差异性，满足消费者对葡萄酒多样化的需求，追求高端葡萄酒的优良品质。若能满足这些条件，亦就满足了"小酒庄"的追求目标，

并不设定"小"的数量规模标准。

小而精，小而优，小而特；

少一点，好一点，久一点。

大产区：首先要实实在在是个产区，不是行政区划，也不仅仅是个地理名称。

有一定规模的酿酒葡萄园（53万亩）；

有相对集中的酒庄（200余家）；

有专业人才（世界各产区交融，葡萄酒学院与职业学校）；

有上帝分配的自然条件（光热水土气候）；

有专门管理服务机构（葡萄酒局与葡萄酒联合会）；

有立法、规划和制度（人大、党政部门）；

有产业配套环境（服务、基础设施、文化、物流）；

"小酒庄"犹如一个个珍珠，"大产区"就是穿起这些珍珠的项链。"宁夏贺兰山东麓葡萄酒产区"是这串珍珠项链的品牌。

附，课下参考：

《小酒庄，大产区——宁夏葡萄与葡萄酒产业发展模式的调研》郝林海，《宁夏日报》2014年9月26日要闻03版

《贺兰山东麓葡萄产业及文化长廊发展总体规划

113

（2011—2020）》2012 年宁夏人民政府

《宁夏回族自治区贺兰山东麓葡萄酒产区保护条例》2012 年 12 月 5 日宁夏回族自治区第十届人民代表大会常务委员会第三十三次会议通过

《宁夏贺兰山东麓葡萄酒产区列级酒庄评定管理暂行办法》2013 年宁夏政府办公厅

《贺兰山东麓酒庄葡萄酒生产规范》2014 年宁夏回族自治区质量技术监督局

28. 台 湾 速 记

2017 年 3 月 26 日　　星期日　　雨

早上桃园机场起飞

　　抄笔记抄得有点惯性了。笔记也算一种文体，我适合做个"文抄公"，按这个路子写下去，曰"钞"。今晚阁楼翻开这几天的台湾记录，继续钞。

　　3 月 19 日，星期日。

　　中午远东航空一点五十分银川飞台湾，三个半小时，抵台北桃园机场，葡萄酒专业郭老师接机。晚，台湾亚洲葡萄酒协会主席洪先生和洪太太于"101"请吃饭。菜很精致，喝干白（法）、西拉（新西兰）和赤霞珠（法）三款酒。

　　住台北西华大饭店。房间除有中英文《新约圣经》外，还有中英文对照《佛教圣典》，系"日本佛教传道协会"编写出版。

115

3月20日，星期一。

"南投酒厂"，的确就是个工厂，"国有"企业，收购当地农民种植的金香（白）、黑后（红）葡萄做半干型酒。金香、黑后为欧亚与美洲种杂交，日本人引种。"浦里酒厂"，实则做绍兴酒。郭老师说台湾有 100 座 3000 米以上的山峰。从地形图上看，台北最低，海拔几十米，海水可从淡水河涌进来。

晚住日月潭云品温泉酒店。

3月21日，星期二。

日月潭水深约 20—30 米，面积 8.9 平方公里。远眺时见到与陆岸连续的"石头"延伸至湖中，走近看，原来是浮植在水上面的植丛。管理得很好，水质好，秩序亦好。"陆客少了八成"。中午，食胡国雄古早面，"古早"，闽南语为"很久很久"；"庄脚"，为乡下的意思，"庄脚菜"即乡下菜。

下午，参观"廖乡长红茶馆"，廖学辉大我两岁，当了 8 年乡长。后"去槟榔，种红茶"，重新兴起了红茶产业，且背后有故事，有文化，许多理念与我兴宁夏葡萄酒类似。"阿萨姆红茶"品种源于印度，道地的茶业应该不同的茶类（如红茶、乌龙、普洱）用不同的茶叶品种。其说，他不追求"SOP"（Standard Operating Procedure），而是追求个性的高端茶。

晚住彰化福泰商务饭店。城市干净，管理得好，垃圾不落地，收垃圾车播放乐曲"少女的祈祷"，若非当过城市的管理者，一般不会去注意这些细节和琐事。食一碗"彰化老担阿璋肉圆"。

3月22日，星期三。

发现人家的好，欣赏人家的好；发现自己的好，坚持自己的好。做地道的"酒庄酒"，此为宁夏葡萄酒产区的特色与坚持。不做"SOP"大规模工业化酒，这也是宁夏的坚持。当我们有诗人的情怀时，我们就做诗人，为什么不呢？当我们有铁匠的想法时，我们就做铁匠，为什么不呢？一年365天，一生3万天，坚持做几天自己，才是有价值的自己。

上午彰化二林"恋恋葡萄园酒庄"，庄主张先生年轻，热爱葡萄酒，别人都去种火龙果了，他据当地气候种了几公顷葡萄做甜型酒。看了三块地，黑后、金香及刚试种的小苗。田边碰见其叔父，说二林镇原有16家葡萄酒庄，现有些葡萄园已荒芜了，让我们一起为他侄儿的坚持"加油"。

中午参观鹿港老街道。下午入住台中市金典酒店。晚在酒店同楼的诚品书店转转。

3月23日，星期四。

上午看台中"树生酒庄"，庄主洪吉培，四代种葡萄，公卖局取消后，仍坚持种酿酒葡萄。儿子什么都干，我们在酒庄门外就碰到了，开始以为是装卸工，后又以为是修理工，一聊才知是酿酒师，实际已经接班是老板。台中后里"松鹤酒庄"，庄主张信威，小伙子也是子承父业。他说全台湾像他这样用自己种的葡萄酿酒的也就十几家，大量的是用进口浓缩汁调兑的。午饭，耕读园。下午返至台北西华大饭店。

3月24日，星期五。

敦南诚品书店流连一上午，购《中华民国全图》（民国六十四年内政部审定发行老地图复刻秋海棠版），《俳句一百首》（马悦然著，台湾联合文学出版社），《鲁西民俗》（杜明德著，台湾学生书局印行）等。

到台湾来应看的最大景点或景致是人，看看与我同宗同祖同色同语的人的价值观有什么不同。与人接触与人交流，能观察细微且不断反思，是窍。

郭老师嘴上老挂"7 Eleven"，以前在许多国家进进出出"7 Eleven"，只是觉得方便，此次郭老师的点拨，才觉不仅是个方便。下午参观"苏家花园"的收藏，苏先生的爱好与我同，藏有不少戈壁雅石和葡萄酒。实际他太太的油画画得真不错，但似乎被苏先生的收藏掩盖了。晚日本料理，五人喝一瓶干白、两瓶干红及一点波特，均为苏先生的收藏。吾赠苏先生一块"沙漠漆"。

3月25日，星期六。

早起开窗见雨。上午台北故宫博物院；中午基隆食海鲜；下午在洪会长餐馆与林志帆先生共饮，之后去桃园机场住。愈老愈不消费了，我到台湾就买了几本书，几枚鱼钩。鱼钩不为用，留个台湾的念想而已。

3月26日，星期日。

雨中，半夜三点许起床，四点半去机场，七点十五分机场起飞。飞机上与软件下了三盘围棋，均胜之。十一点十五分抵银川。中午拟看拳击，困，假寐了一会儿。晚上，抄笔记。

29. 毛三及毛三生产记

2017 年 4 月 8 日　　星期六　　晴

记毛三生产及毛三

　　蹲在地里剪除去冬残留的枯草，突然感到屁股有软软的东西靠着我，一看，黄猫！黄猫这一段时间对我意见很大，因为又多了毛三和另一只没有妈妈的小狗要照顾，与它玩的时间相对少了。它最喜欢在我干活时与我缠绵，我抚摸它，之后又接着干活，它却伸爪去触碰我的剪刀和枯草，意思是让我继续与它玩，我只好撂下工具，又与之玩了一会儿。

　　毛三快生了，不出门，不吃东西，趴在地上不起来，喘粗气。快十二点钟了，我关灯收拾书桌，准备睡觉，再查看一下毛三的窝，果然，已一灰一黄两崽，毛三看着我呈张口笑状，且呵呵有声，似乎在告诉我，"我生崽崽了!"我赶忙抚摸安慰之，又用手掬水递给它舔食，再用小皿盛水供之，它仅喝了两小口而已。这时我睡意全无，守在它旁边，一会儿看看，一会儿看看。半夜一点多，又见毛三身腹抽搐，心想应该又要生了，片刻，见如排便般排出一团，毛三松口气，并不理会什么，似乎在想什么，像是把刚生下的狗狗忘了。我又等了一会儿，便果断用手捧住那一团拿到毛三前面，如同拿到一个大大的剥去皮的皮蛋一样。一会儿，毛三把"皮蛋"连咬带吃，出来一个黑色的活物。

再过一会儿去看，不知怎么只剩两只小崽了，努力找了半天，才见被毛三压在腹下，赶紧把它拿出来。毛三似不会侧卧，经常把小狗压于腹下，你要帮它太多，它还"呼"你。大头猫觉得有情况，大概是听到了小狗的吱吱声，还是嗅到了气味，不停在毛三门口转来转去，跳上跳下地观察。

半夜两点多钟，我想去睡一会儿，再看毛三，身体仍时而搐动，又不敢去睡，于是，拿笔记下以上的内容。

索性上楼抱了毯子，睡在一楼沙发上听毛三的动静。小狗张大嘴喘气，气息时有时无，毛三亦不停地舔食小狗口中的黏液。但也不能一直在现场看着，这样反而有各种担忧，心想，毛三会做母亲，随它去吧。生命的偶然在每一瞬间。

至早上五点多钟，我又先后捧了两只"皮蛋"递至毛三面前，它又是连咬带吃"稀啦、稀啦"地舔出两只湿漉漉的小狗崽崽。过了一会儿，再察看，毛三身体不再有搐动，神情也自然放松，不停地舔着吃奶的小狗狗。见一切正常，于是给老婆发了个信息："专报。北京时间 2017 年 4 月 7 日 23 点 55 分至 8 日 5 点 40 分，毛三生五个小崽子，母子平安。接产医生，郝林海。"

毛三身上有红、黄、绿各种污物色，但不解绿色是怎么回事，大概是胎盘里的东西。它责任心太强，今天仅出去两次撒尿，两分钟又匆匆回来奶小狗，没见拉屎。终于，在晚上 10 点半左右，毛三赏脸匆匆出去拉了个屎。

毛三是只流浪狗，白色。去年秋开始在我们这个院子出现。有人看着可怜，喂食，也有人嫌弃，驱赶。我初次见到它时，它耷拉着尾巴，毛色污浊，后腿稍跛，似有伤，眼睛不敢直视我，欲跑开。我唤它，抓一把猫粮，放在地上，离开它一些距离，又蹲下身子唤它，看着它胆怯地慢慢接近猫粮，看着它大口大口紧张地吃完了最后一粒猫粮。又盛一盆水给它，它犹豫一会儿，喝水。看着我，眼里满是忧郁和不解。

我太太开始给它在树下放了个纸箱子，放了食与水，它也慢慢稍长时间的停留。再仔细看它，原来已经怀孕了，于是又给它搭了一个窝，它也接受这个窝，2016 年 9 月 19 日晚，它在这里生下三只小狗。

它从哪里来？它为什么流浪？被抛弃了，还是跑丢了？它经历了什么，它叫什么名字？这一切我们永远不知道，只看见它眼里满是忧郁与不解。"毛三"是它的新名字，取"三毛"之反意，要它永远不再流浪，永远有爱。

天愈来愈冷了，毛三和小狗也搬进了我们的电脑房。三只小狗分别被人领养后，本想给毛三做绝育手术，还没来得及去做，不知怎么又怀上了，于是又生了这一窝，于是我有机会当了一次接产医生，于是写这《毛三及毛三生产记》。

30. 捞 眼 镜 记

2017 年 4 月 12 日　　星期三　　风且雨

在湖边盘桓纠缠

4 月 9 日，星期日。

上午九点出发去参加第三届贺兰山东麓葡萄展藤节。葡萄藤在土的被窝里昏睡了一冬，该伸伸腰起床了。什么是"风土"？在贺兰山东麓，盖上土的被子，痛痛快快睡一觉的葡萄藤，冬眠过的葡萄藤就是它的"风土"。午，在玉泉国际酒庄与中外朋友十数人品酒。玉泉国际酒庄是列级酒庄，中国目前只有宁夏产区实行列级酒庄制度。口味的追求大体能充当个性偏好的风向标。葡萄酒爱好者完全可以放纵自己的品位喜好，就如不同的人喜欢不同的歌手，或者同一歌手的不同歌曲。每个人都可选择自己喜欢的某个酒庄某款酒，这就是葡萄酒多元个性的特质。回家后遛毛三。赶上看电视直播拳击赛的第三场，WBO 超次轻量级，洛马琴科 VS 杰森·索萨，洛为左式，第九回合技术击败索萨。

4 月 10 日，星期一。

春天了，农事多、渔事多、兽禽事多。吾每日围绕诸事劳作，乐此不疲。手掌磨粗糙，皮肤晒黑，膝腿酸痛，右膝尤甚。上午收拾园子，修整金银花藤的架子，冲洗院子，冲洗小工具房前。合计今年种草坪的事。中午与北京王及王、叶等品酒。饮巴格斯酒庄、利思酒庄两款酒。这两个都是列级酒庄，中国宁夏产区的列级酒庄共分五级，一级最高，目前有五、四、三级酒庄，尚无二级和一级。还是期盼单宁厚且细滑的感觉，特别是酒体向下去的时候，已经咽了，还想找回味时的感觉。下午继续收拾园子。毛三尽职尽责，动员半天才出去撒个尿，尿完就赶紧回来看它的崽。专去钓了两条鲫鱼，钓上即收竿，喂毛三和小黑各一条。右手腕子有些疼，右肘亦疼。实际上，"简约"是园林的一窍，但极不易做到，往往是种的太多太乱导致败笔。文章亦如此。

4 月 11 日，星期二。

早上起床看地面有下过小雨的痕迹。读报，"我非常自豪地跟大家说，我们国家的奶可以放心喝！"（中国奶业某权威人士），虽然可能说的是真话，是有科学数据支撑的真话，但品质的国家信誉基础没有在人的心里树立起来，所以，人们难以"放心"。如马桶盖、奶粉、电饭锅种种。宁夏"酒庄酒"就是要建人们心中的品质信誉基础，创造和铸就使人信得过的中国葡萄酒产区。

继续农活。安装花架，恢复小工具房顶猫舍，将船抬下水，将东面花池土填南面菜地，移出多刺的月季。

宁夏图书馆借阅《阅微草堂笔记》上海古籍出版社；《阅微草堂笔记》（上、中、下）韩希明译注，中华书局。

"大头"听我上二楼，不知从哪里悄悄冒了出来，是刚刚睡醒的状态，靠着门扉长长伸个懒腰，就是那种"虎下山"的样子，然后，并不恢复正常姿态，就势向右侧"咕咚"躺下（它有两种侧躺，分别为"左咕咚"和"右咕咚"），肢爪顶门，同时用舌头舔右前腿内侧的毛毛，等着我上前去拍抚它。所有这一切它都不看我一眼，但心里明白，我会按约定去拍抚它，边拍边抠它的脖子，就像当年我同时拍"咪呀"（它的妈妈）和它一样。

4月12日，星期三。

时风雨。给李华介绍的湖北学生写"楚"字，看看还有点苏东坡的味。

下午欲试试"戳茬"，只持一竿一线一钩，沿堤行一圈，不行，欲收竿。突然起风，大风，忙乱中，遮阳镜落入堤下苇丛中，差一点入水。匆匆赶回家取了抄网，试了几次不成，虽能触到，但眼镜太轻，勾不进抄网。于是再匆匆回到家中取了一把旧梳子，用胶布缠绑于竿头，以往用此法取水中线组颇灵，然再试仍未果，风愈来愈大，恐吹入湖中漂走了。这副眼镜是我在日本的 7 Eleven 购得，价格虽便宜，但偏光镜极轻巧，镜片颜色不深却滤光性好，这几年在野外划船垂钓都用它。旧物牵情，不忍弃之，急中生智，先将眼镜用梳子拢到估计风吹不走的苇丛间隙中，欲待风雨停后再想办法，回到家中才想起自行车没有骑回来，第二趟取梳子胶布是骑自行车去的，落在湖边了。于是，又穿了雨衣再次返回湖边，自行车已被风吹倒在地，推了车步行于风雨中，样子一定狼狈，幸无人检阅到。

约七时许，风雨住，我手持两件"法器"，"梳子竿"与"抄网"，慢慢走向现场，心中很有把握，路边遇到黄猫，它见到我先是一惊，然后打个招呼，径直往回家的方向去了，估计它先前是在什么地方躲避风雨，它不同于人，人的牵挂太多，只好在风雨中受罪，黄猫有风就躲躲，无风回家去。

果然，手到擒来，三两下即捞上了眼镜。

31. 每天，微小琐碎地快乐着

2017 年 4 月 19 日　　星期三　　大风

读写、劳动、钓鱼

4 月 13 日，星期四。

上午，将花架固定，东侧护坡。下午收拾杂物，种草坪。晚与广东林、洪、董等品酒。我带贺兰晴雪酒庄、阳阳国际酒庄几款酒。这两个都是列级酒庄。宁夏列级酒庄制度由宁夏政府制定，由葡萄酒联合会委托专业人士组成的团队评估打分评选。一杯酒，香气之后首先要看是不是平衡。入口后酒的总体感觉应是平和的，若太酸太涩太薄恐不是好酒的特质。

喜鹊聪明，一见有翻起的土地就飞来寻找各类虫子，不怕人，不远不近地在枝头和地头跳动。

毛三愈来愈多地出窝。趴在地上休息休息，出门也走得远了。

127

需牵着，它变得见到疑人爱叫唤。

4月14日，星期五。

上午葡萄酒联合会安排几项工作。下午种一棵槐树，三株蜡梅及丝瓜与葫芦苗（见槐树皮有伤，担心能否种活）。晚与林、刘、冯等品酒。我带贺兰晴雪酒庄、米擒酒庄几款酒。这两个都是列级酒庄。宁夏产区现有约200个酒庄，而列级酒庄至2017年仅有36个，由于我国只有宁夏产区实行列级酒庄制度，所以换句话说，至2017年全中国共有36个列级酒庄。喝得多了，每个人都会有比较有鉴别了，尊重自己的感觉，稍微有意地记住这种感觉。

4月15日，星期六。

阴，下午晚上大风。

右胳膊疼，不能用劲。整天做些杂活，不太用劲的活：接水管，浇地，用砖铺小工具房前土坡，每次仅能搬两块砖头，给樱桃树理枝，用砖头悬压之，欲使其树形能合理受光透风。看手机备忘录中有记"伊来回"，什么意思？记不起来了，看来以后记事还应详细些，不能概略。

4月16日，星期日。

风。上午陪客人在永宁纳家户和文化园参观。11点返回，中午与李华先生小酌。我带蒲尚酒庄一款酒，系百分百马瑟兰酿。最后，又酌一杯蒸馏酒，愿意追求一点微醺的气象。下午收拾园子，归理旧物。给狗狗煮一点羊骨头（时间不够，煮了个半熟待有空再煮）。五点多钟喂完狗猫去黄河东看一个项目。是的，没有大树和干燥是银川之突出特点，但长久生活于此的人往往反而忽略了。

4月17日，星期一。

大风。上午葡萄酒联合会处理几件事，看书。明确六月份欧洲之行的安排，概括为两件主要事：①接受 OIV 奖；②考察产区及参加波尔多酒展。酒展亦可不去，反正宁夏产区已组团了。中午下午忙活园子杂活。浇草坪，解去前天拴的压枝砖，太重了，刚压上不显，但过了"弯曲的极限"就"兵败如山倒"了。置几处脚踏砖。见竹子始发，已发现十几个笋头了，标识，浇水。小黑狗随我干活，围在家门口。毛三不愿出门。

每天记下薄物细故，每天写，感觉这样才能活着。

读。顾彬"当代语言经常是啰唆的，古代语言很严谨"。

不仅严谨，词、字分类极细，组句却极简。当代语言的啰唆仍是出于人要表现，要表演的欲望。

4月18日，星期二。

阴。时雨有风，晚上风大。上午葡萄酒联合会与李、王、刘谈。中午带小黑狗走一圈。但去时慢回时快，晚上去喂食时亦如此，我还是坚持到它出生的地方去喂它，想告诉它，它的家在这里，但它是愿意紧跟着我，坚持跟我回家，愿意守在我家门口。下午浇草坪，收拾归纳小工具房，拆台灯又恢复。黄猫有时会跟我干活，它并不害怕小黑狗，小黑亦不欺负它，小黑似乎看出来黄猫在我这儿的地位，还有点让着它。现我膝盖受损，运动和劳动都受影响，想起小时候玩"斗鸡"，正式的叫法是"斗拐"还是"撞

129

拐"，记不清了，单腿支撑，用另一膝攻击对方，我无败绩，而且总愿以小博大，越大的孩子，越早早败在我腿下。

在我老家保定搞"雄安新区"是否欠科学性。①仅离北京、天津一箭之地，没出"京津冀"之窠臼；②没有水；③在一个点原地涂抹。可惜了大东北、大西北这样的大资源大潜力。

4 月 19 日，星期三。

晚上风大。上午把多出的土分摊至几处低洼地，移去月季，好看但刺太多，人狗猫常常被刺扎。下午阅读。五点去湖边垂钓。按"戳茬"的意思钓苇丛深浅之交错处，鱼获不错，两个小时，一条鲤鱼，数条大鲫鱼。七点收竿，放归鱼获，简单收拾钓具，匆匆去喂小黑。洗，看表，七点四十分，天也黑了。

小黑狗已经堂而皇之地卧在我家门前台阶上，昨晚听见它对过往行人吠，已然把我家当成它家了。虽然挨了这么多打，没办法，它就认为这是它家。

报载，法国酒学校，现三分之一为中国人，准确吗？

32. 笔记专家发言

2017 年 4 月 20 日　　星期四　　晴

葡萄与葡萄酒学术研讨会

原本计划就参加开幕式，看了研讨会的发言名单，决意听听上午的发言，不错，是专业人士的研讨，不是应景的演讲，故又临时决定下午继续听，听了整整一天。以下是笔记摘要，注（T）的是专家的话，注（H）的是我的想法。

——李华（西北农林大学葡萄酒学院）

（一）葡萄产业可持续发展道路

（T）三农；提高国民水平；葡萄产业实现社会、经济、环境三者共赢。

（H）需求是多样化的。消费侧是可以有各种各样选择的，供给侧应满足消费侧的个性多样化需求。

（二）葡萄酒的特性与质量

（T）自然特性：多样性、变化性、复杂性、不稳定性。

（T）葡萄与酵母菌是葡萄酒的关键，葡萄酒是人和自然和谐关系的产物。

（H）三个条件必不可少，一是上帝给的自然条件；二是人真正尊重和顺应自然环境；三是人的追求，对美好事物的追求，对高品质葡萄酒的追求。

（三）葡萄酒的风土

（T）天+地+人+品种的概念。风土如何表现，葡萄酒的感官质量和风格。优质葡萄酒产区是人类共同遗产。

（H）产区是命脉，产区好酒才好。没有产区何来风土。产区的天、地、人、葡萄园。

——Jean-Claude Ruf（OIV 总干事助理）

（T）质量，葡萄酒的原汁原味性和多元性。

（H）这在中国是个现实的大问题，不仅质量，更忧安全。原汁原味和多元性是葡萄酒文化的本质。这个多元和原汁原味犹如戏台上面，京戏不是秦腔，秦腔不是话剧，交响乐不是流行曲。戏台下面，你喜欢那个女高音，我喜欢这个男中音，你喜欢这个曲目，他喜欢那个剧种，他谁都不喜欢，她昨天喜欢这个，明天喜欢那个。

（T）饮葡萄酒是休闲的事，在中国正培育这种文化。

——Kym Anderson（澳大利亚）

《中国在世界葡萄酒市场上的崛起》

（T）原来中国进口酒价较高，后由于中国进口酒的桶装比例上升，故进口酒价开始下降。预测中国中等质量的酒会增长很快。虽中国葡萄酒会增长，但满足不了中国消费需求。

（H）倘若桶装进来直接灌瓶也还可以，"中等质量"就很好了，我担心在灌瓶之前还有各种各样的门道，我们是中国人，更能体会此一点。

——Larry Lockshin（澳大利亚）

（T）实际上更多的消费者喜欢购 12—18 美元的葡萄酒。分为频繁购买者与非频繁购买者；分为常规购买者与品牌购买者。

（T）人们的印象，法国是高端葡萄酒的地方，而中国是比较商业化葡萄酒的地方。

（H）这印象是对的。中国的"比较商业化"又岂止葡萄酒。宁夏产区的理想是让"比较商业化葡萄酒"的中国也有"高端葡萄酒"，让中国的"品牌购买者"有所企望，有所选择。

——马会勤（中国农业大学）

《从技术提升到全产业链综合提升》

（H）宁夏葡萄酒产区就是马教授全产业链综合提升的试验田，是她写在大地上的论文和教案。"全产业链"、"综合"、"提升"都是宁夏产区迫切要做的事。

——Rob Gesses（澳大利亚）

《澳大利亚葡萄酒发展故事》

（T）在澳大利亚酒展是文化的一种，与中国不一样。

（T）葡萄酒可以和服装一样，如大衣，每个人对此都有不同的追求。

（H）记不清上面的话是 Rob Gesses 讲的，还是我写的。因为我几年来常常这样譬如。

——Vittorino Novello（意大利）

《意大利葡萄品种》

（T）意大利有几千种葡萄品种。

（H）我们目前喝的干型酒的葡萄品种均为欧亚、欧美种，仅北冰红、北枚北红等几个算中国自己的。我更关心什么品种品系更适应宁夏产区，赤霞珠当然要坚持。能成长为宁夏产区典型的特色品种还有哪些。马瑟兰如何？

——Pierre-Emmanuelly（美国）

《构建宁夏葡萄酒品牌》

（H）局外之人往往能一眼看到局中的问题所在。Pierre-Emmanuelly 先生的确是葡萄酒行业的内行，比宁夏产区政府官员更懂葡萄酒品牌如何构建。

——王德惠（深圳市智德营销策划有限公司）

《新营销时代，葡萄酒市场的新格局》

（T）多层次经销网络瓦解。

（H）对宁夏葡萄酒而言，此话有道理。直接销，是"酒庄酒"的特色和优势。通过各种方式，让消费者感受到产区的风土、葡萄园、葡萄藤和果实，不在于直接销了几瓶酒，而在于消费者对酒庄与酿酒师的品质与可靠安全的眼见为实。这在中国太重要了，每个中国人心里都明白。

（T）消费者希望买到：好东西，可信赖，体验参与感，价值认同，引导与迎合。

（T）中国葡萄酒产区的时代已经到来。消费者希望简单而不是复杂。但亦有一荣俱荣，一损俱损的风险。

33. 一只小黑狗的纠结

2017 年 4 月 28 日　　星期五　　晴

记下鸡毛蒜皮的事

4 月 21 日，星期五。

我家门口有一棵樱花树，花开满树，其实是很美的花，细看还是复瓣的。但开在万紫千红的季节，又只有一棵，仅大色彩的背景中再滴入一点桃红而已。倘若是一大片，半个山头，则又是一番景象了，倘若错开了季节，或早开于枯黄大地或晚开于绿荫一隅，则会显出不少的特色来。

上午去政务大厅办理因私护照，办事的小姑娘笑我在电子印模上按不出手印，左右手都按不出来，我说，天天干粗活，手像锉。她说，请对手指哈哈气。仍然不行，我索性用舌头舔了手指，这才见效。小姑娘笑了笑说，老同志是干体力活的，太辛苦了，休息休息，出去转转。我连声说，谢谢，谢谢！

小黑狗陪我去湖边钓鱼，它有时会发出自言自语的声响，像是说你怎么还钓不上，一旦上鱼，它就高兴地看着，跳跃，抛给它鱼，咬一咬，并不吃。仍然是破坏分子，把我放在地上钓鱼的什物衔来咬去。过往的人都认识它，都知道它的身世。一会儿，忽然听到它的哀叫声，赶快循声去找，它正向我跑来，身后拖着一根枝条，近看，原来屁股上扎了一根刺，月季枝干的大刺。

4月22日，星期六。

早，阁楼阅读，收拾园子，琢磨从台湾买的几副线组。晚与郑、丁、郭等饮酒。我带铖铖酒庄、森淼兰月谷酒庄几款酒。此两庄亦为列级酒庄。宁夏产区列级酒庄制度，既借鉴了法国的经验，又结合了中国和产区的实际，评定的综合条件比波尔多更严苛。如果一定要喝高度数中国白酒的话，放在最后为好，用中国蒸馏酒结尾，也可算作是一种风格。倘若偏要混着喝，倒也无妨，权当是中西酒文化的 PK 与沟通，胃中乱作一团是必然的，以不呕吐为节操吧。

"丑小鸭"是怎么个缘故来着？小的鸭子不都很可爱吗？可是它的确是只"丑小狗"。几只人认为漂亮的，它的兄弟姐妹都被人领走了，剩下它没人要，说黄不黄，说黑不黑，身体与头颈的比例似乎不合适，面孔更无可爱之处，对人亲热的时候只会抱咬人的腿、裤子、鞋。

4月23日，星期日。

一早就是阳光，时而有阵风。收拾小工具房，给水管加固，浇西面竹子，浇草地。收拾小黑叼来的垃圾。这盘水管不行，太软，无法用，不能只图便宜。这棵海棠为何今年一朵花也不开？去年及前几年花果数它最旺，莫非累了，需休息一年？看电视拳击直播。WBC 次中量级，贝托 VS 波特，波特胜（KTO）。两人眉弓都开了，拼得凶。晚与钱、苏、李等品酒。我带银色高地酒庄两款酒。启塞时的果香，醒酒后的果香，晃杯后的果香，入口后的果香，咽下后的果香都是果香，但仔细体味，香气是不同的。

4 月 24 日，星期一。

浇草地。下午垂钓两小时。小黑一直在旁边捣乱，它从石围栏两端很远的地方找到我的位置，在杂草丛中咬出人丢弃的纯净水瓶子、易拉罐、纸盒子，一一摆在我面前，像是想告诉我什么。扑到湖水中，站在水中喝水戏水……是否应该把它送走了，我还在犹豫之中。现在主要问题是，晚上叫，影响他人，有小黑在门口，毛三不出门，阻断了黄猫出入的路……

4 月 25 日，星期二。

上午阅读。整理以前资料文件。下午整理工具，包括各种绳索，给小船配绳索。今天有人建议给小黑狗打疫苗，说明小黑狗是大家的，是这个院子公有的。故决意暂不考虑送走的问题。今晚它叫得不厉害了。

新出的竹笋愈来愈多。最长的已有一尺高了。

4 月 26 日，星期三。

上午阅读。下午理发，院子劳动。在悦海宾馆晤公安部消防局于局长。五点参加干部大会，书记换。

4月27日，星期四。

上午北京闫、钟来访。葡萄酒杂志刘、钟来访，冯陪。下午在小工具房。浇竹子。

四点去看一个私人收藏，东西不少，但仍是物与钱的堆积，不涉文化与真伪。晚与李、钱、董等饮酒。我带德龙酒庄、汇达酒庄几款酒。这是两个五级列级酒庄。列级制度犹如围棋的段位制度，并不是有段位的就一定比没段位的水平高，也不是三段就比九段水平低多少。正好相反，一线战绩好的永远是段位低的年轻人，他们的段位要依规则和程序逐年积累。好的酒不会早早丢了香气与颜色，酒体的结构会持续平衡丰满，有很好的集中度。

4月28日，星期五。

小黑狗把我干活穿的鞋衔丢了一只。上午给贾静茹电子邮函，说"中国葡萄酒绿指南"事。吴、王来访。晚与闫、张、李品酒。我带保乐力加酒庄、御马酒庄几款酒。与我而言，一般的餐，有没有干白无所谓，干红有两款就可以了，倘若是西餐，还是要选一款干白。

我一直是"千城一面"的抗拒者。

我同意山川湖海，花草树木的自然属性是最重要的，"是第一属性"。"自然是它们的第一属性"。现在的问题是，人强加给它们的太多了。

"自由源于约束。"（安德烈·纪德）

只是记下一天中的想法和鸡毛蒜皮的事而已。

34. 到天水不一定看麦积山

2017 年 5 月 2 日　　星期二　　雨

昨天从天水返回

　　天水没去过。中午在隆德路边的小餐馆吃午饭，几张桌子空空的，没有一个人，喊了几声才从楼上下来个小姑娘，说忙，楼上有几桌饭。她建议我们吃个杂烩，说吃这个来得快。每人 20 元，很快端上来，是萝卜粉条肉末烩的一碗，外加一小碗米饭。一会儿又进来两个小伙子，坐在我们桌子的旁边，小姑娘也建议吃个杂烩，但人家不理睬，要点菜。看来是一个请另一个，请的人说，咋就点这么几个菜，再点么！被请的人并不回答，边看手机边说："妈的，宁夏的 B 主席叠了 3000 多万元，妈的，判了！妈的，让他叠！""叠"，当地土语，就是"弄到了"、"获取了"的意思。

　　由隆德经庄浪至秦安到天水，山路约 200 公里。

老人或三五一伙、七八一群坐在小马扎小板凳上，仍然是黑灰蓝色的衣服，集聚在一起，晒太阳，也有围着打牌的。估计是每天熬到吃饭时各自散去。等待死亡的一群生命，我常年在农村跑，乡下的说法有些不好听，但的确是说：人老了就是"坐吃等死"。倘若人人都有这么个阶段，也只能感叹人的悲哀吧。

过了庄浪后石头质的山多了，但仍以土质山为主，山下溪中有流水，可见大树，植被多样丰富，满目翠绿。天水大致的地貌形势同兰州，亦为山夹川的本底。这样的地方，人少时还好，人多了就麻烦，上百万人、几百万人挤在一个山沟里，像兰州一样，是不宜人居的地方。远眺山上间有大片白色的花木，问当地人，说是一种开白花的野丁香，在路边见到一株，花形同紫丁香，花气极清香。

天水这个城市讨人喜欢，人气旺，流浪狗的神情气质也不错，杂货铺很多，是个接地气的地方，更是历史渊源深厚的地方，蓝天白云下嗅得见花香气，闻得见古老气，还特产"天水白娃娃"，说小姑娘长得又白又好看，当然趁机特意盯着看的也不仅是娃娃。去麦积山的路上听说因为放假，人多。我赶紧声明，不去。到北京不一定爬八达岭长城，到巴黎不一定登埃菲尔铁塔。

恰好，中午有拳击直播，比"麦积山"更吸引我。IBF、WBA、IBO 世界重量级拳王赛，一场改朝换代的世纪大战。小克里琴科 VS 约书亚，41 岁的小克虽在第十一回合被击倒，但却是我看到他打得最好的一场。以极强的抗击打能力证明自己的下巴不脆弱，完全不同于他以往的打法，他也几乎在前几回合 KO 对手。

返程选择一路走高速的方案，从兰州走，用导航提示省心，只管开车就是。但这一路没了绿色，窗外多是沙黄色。经过兰州绕城路时，看到的是沙黄色叠加的密集楼宇，路边连续不断堆积着建筑垃圾，这次还好，不进城，进城出城更麻烦，堵车不说，脏。上次去我的母校，兰工坪，路边全是生活垃圾，污水遍地，车挤车，人拥人。"叠"得让人透不过气的感觉，人为什么要拥挤在这样的地方？

　　"叠"心是人类的软肋。阁楼夜读，《格物致知长江三峡工程》，"三峡工程如同人类在地球上的一切造物活动一样，必然改变了原有的生态环境，如何评价这一现象本质上是个世界观的问题。生态的本义是自然界一切生物间（包括植物、动物、细菌以及人类）相互依存的状态，它是一个动态平衡的过程，不存在所谓的'原生态'和一成不变的生态平衡。生态取决于环境，环境的变化必然产生新的生态，而环境好的标准则是人类的可持续发展"。

　　我们是环境好的地方吗？《阿曼尼亚》"我们究竟是谁，我们就是过往的尘世，我们就是当下的悲喜，我们就是未竟的命运。我们是影响过我们的事和人，我们也在不断影响着外界。我们是未来，就算我们不再存在；我们是已知，即便我们不曾存在"。又想起我前一段乘飞机时的感慨，"雾霾中起飞又降落，土地真的很辽阔，空气真的很脏，祖国真的很伟大，我们这代人真的很笨"。

　　幸亏，当下的银川还好，天蓝，地绿，水清，城净，居安宁。
　　已知。

35. 沙冬青就应该留在沙漠

2017 年 5 月 5 日　　星期五　　云

给 OIV 总干事复函

5 月 3 日，星期三。

雨停。用麻绳束几株新竹，都已经长一米多高了。这两丛竹子移种我窗前已有几年了，刚开始觉得它们在这里勉强辛苦，担心它们的未来，结果它们生长得兴旺愉快，新竹年年萌发，长得也有劲，一冬天都有绿色。收到 OIV 总干事让·马赫·奥朗德来函，告知 OIV 决定授予我 "OIV MERIT"。

2017 年 4 月 28 日，巴黎

郝林海先生

尊敬的郝先生：

143

我非常荣幸并高兴地通知你，鉴于你在国际葡萄与葡萄酒行业内所作出的贡献，国际葡萄与葡萄酒组织（OIV）执委会决定授予你"OIV MERIT"。

　　如果你能出席，官方颁奖典礼将安排在 2017 年 6 月 2 日（星期五），在索菲亚（保加利亚）举行的第五届 OIV 大会上。

　　我非常期待你能出席本次会议。同时，请你发送你的简历或一份介绍你主要经历的简介。

　　如果你在上述日期无法出席，我们可以推迟颁奖典礼，直到另一个在巴黎举行的 OIV 会议上，或者是我去参加的在你所在国家/地区的特别活动。

　　向你表示最诚挚的祝贺，并期待你的回音。

　　你诚挚的，

让·马赫·奥朗德

　　整理书籍。与曹、李谈葡萄酒联合会事。下午归整小工具房的工具，不断上下梯子，把平常不用的工具放到上隔板上。移种四株蜀葵，种得很粗糙，膝肘都痛，感到力不从心，还有四株，拟请他人代劳了。蜀葵这种植物很皮实，花开得也粗犷，公路边、墙脚处都有它的身影，当地人叫它"傻老婆子"花或"傻婆姨"花。晚与李、史、雷等十数人品酒。我带类人首酒庄、原歌酒庄的几款酒。若收场的时候，有一杯（一盅司）白兰地或威士忌最好，切记，要一口闷，别品。威士忌（whisky）系用谷物酿造的蒸馏酒。威士忌的陈年与葡萄酒不同，葡萄酒装到瓶子里也会不断变化，而威士忌醇化靠的是酒和木头发生某些化学反应。

5月4日，星期四。

风。给让·马赫·奥朗德总干事复函。

　　尊敬的让·马赫·奥朗德总干事：

　　非常感谢国际葡萄与葡萄酒组织（OIV）授予我"OIV MERIT"，感谢你4月28日从巴黎发来通知，告诉我这个令中国葡萄酒界兴奋的消息。我本人深感荣幸。

　　我将如期出席2017年6月2日（星期五）在保加利亚索菲亚举行的OIV官方颁奖典礼。

　　具体诸事均由马会勤教授联系。

　　你诚挚的，

郝林海

2017年5月4日

　　李来访，谈及葡萄酒在香港有关活动事宜。下午给猫在紫藤架上固定一个窝，因为经常看猫高高卧在一条仅三厘米的木条上，加之有调皮的小黑狗，想多给黄猫一些空间，它毕竟资格老，年龄也大了。

5月5日，星期五。

昨晚风大。上午在葡萄酒联合会，复函贾静茹。听了一会儿音乐，但觉得不对劲，原来楼内有施工，橡胶水味极浓，我对此很敏感，故提前离开。下午接一个浇水的管子，试试不甚理想。浇东头花卉及树木。现在感觉很好，生活是主要的，琐碎的日子，偶尔有点"工作"，而工作仅仅是生活的花边。读书、钓鱼、写写抄抄、植草修木、遛狗逗猫、喝酒，没有任何功名的取向，完全随性而从，舒服畅快。

见从黄河东沙漠移来的"沙冬青"叶仍然是枯黄的，不知能否缓过来。今年2月中旬，我在鄂尔多斯沙地边缘，见沙冬青一丛接着一丛，一片连着一片。碰到一个挖肉苁蓉的农民，说沙冬青是沙漠里绿得最早的东西，于是就委托当地的朋友开春移了几株，或许这株沙冬青就应该留在沙漠它原来的地方。

萨特说"挤在音乐厅观看演奏乃是荒谬的，音乐，应该独自倾听"。我与萨特同感。

36. 水管子接得很难看

2017 年 5 月 11 日　　星期四　　极晴

贺兰山看得清清楚楚

5 月 6 日，星期六。

早上起来听见小狗叫，见有三只小狗崽已能爬出围栏了，满地跑，地上有狗屎，已干，擦不掉，又找小铲清理。带小黑湖边转，邻居说，这狗是吃百家饭长大的，姓"公"。丑，没人要。留下吧。晚出席 DWM（Deutsche Wein Marketing）在银川的葡萄酒活动。品鉴多款宁夏贺兰山东麓葡萄酒。阅尽风华却不动声色。只有陈酿的人，才能感知陈酿的酒。

5 月 7 日，星期日。

晴。带小黑去它的出生地取两只喝水的碗，算是搬家了。它默默地跟着我，在它十分熟悉的地方到处嗅嗅，只要我有走的意思，

147

它就紧跟我，它不喜欢这里，它要跟我回家。

今年基本没种树，就种了一棵大香花槐，但不知为何到现在也没萌发，也是，都截成粗枝了，没有一根细枝条，叶芽也不知该在哪儿萌发吧，浇之。种十株什么瓜，秧子搞乱了，整地、覆膜、固定膜、种植、浇水。担心小黑的破坏，它已经咬断了好几根新萌出的竹笋了，心痛，但也没办法。整理钓具，浇草地。试试二楼阳台的水管，已经不行，改日重安一个。晚与赵、张、冯等数人品酒。我带名麓、金元酒庄的两款酒。好酒的秘密在于"调和"，太阳、土壤、葡萄藤、果实、风、雨、人……

5月8日，星期一。

晴。上午在葡萄酒联合会整理书籍。邵来访。还是有装修的橡胶水味，提前回家。收拾地下室。四点半去湖边垂钓，软饵，传统钓法，至天色暗下来，放归，约二十尾鲫、二尾小鲤。小黑叫，被电网电着了，我在堤上引领它，从湖边斜护坡一直走到南头，第一次试图抱它上来没成功。晚，回放昨天的电视拳击。电视播放的也是以前的比赛，第一场为4月23日看过的，第二场亦为重放3月26日的。WBA中量级，罗斯VS菲尔德，打满12回合，泛泛的比赛，看后没有什么印象。

5月9日，星期二。

晴，下午风大。一早起来为安装水管收拾好场地，在竹丛里干活，担心把刚出来的竹笋踩了。还好，水管接完了，竹子基本没有损失。开始干活时我一再强调，这个活干得好与坏，不在于水管接得多漂亮，而在于是否损坏了竹子！我是担心年轻人干活毛糙。但水管接得确实太难看了，不过我的确也不能再说什么了，人家是严格按我强调的意思干的活。下午整理渔具，"三天打鱼，两天织网"吾深有体会，"织网"的乐趣比"打鱼"还甚。帮邻居浇地（外出家中没人）。看电视直播围棋赛，柯洁胜李喆，柯分断的一步很漂亮；周睿羊胜彭立尧。

5月10日，星期三。

晴，时风大。看到小黑狗又咬断了新出的竹子，很心疼，但也毫无办法，就当成是昨天干活工人踩的吧，阿Q精神，自我安慰，心理平衡。上午在葡萄酒联合会写OIV会上的发言稿，整理书，阅读。下午在湖边捡到两副带钩的线团，"大力马"线，是那种可在不许垂钓的地方下钩的钓组，不用钓竿就能用。我在上海、北京公园里见有人用此种钓具偷着钓鱼，外行很难发现，上海、北京这些大城市里喜欢钓鱼的人真可怜。理清这两副线团，花了点时间。浇东侧草地和花卉，东侧往往被忽视，缺水，帮邻居浇水。大棚老汪来帮我种菜，小冬瓜、苦瓜、丝瓜、豆角，两株南瓜秧。

5月11日，星期四。

晴，极晴，阳光灼人。读"柏拉图认为音乐不仅能影响人们的情绪，而且能提高人们的品格"。我以为绘画可使人以审美的角度去看世界，音乐可以屏蔽世俗的嘈杂，使人心纯净。上午宁夏小动物保护协会的几位女士来访，帮助她们协调些问题。下午看前天接的水管子实在难看，三根管子组成的两个直角扭曲着，虽然在竹丛中不显眼的地方，我还是钻进竹丛去用铁丝和木板纠正了一下，再看看，心里才觉得舒服点了，这是不是强迫症？

37. 从头说说小黑狗的事

2017 年 5 月 12 日　　星期五　　晴

今天把小黑狗送走了

　　前面已经拉拉杂杂说到小黑狗，现在从头说一说小黑狗的事。小黑狗的妈妈叫大黄，是只流浪狗，体型不大，之所以叫大黄，是因为它生的小狗里有黄色的，有了小黄狗才有了"大黄"的名字，之前它没有名字，有的只是忧郁的眼睛和深沉的黄色。大黄在这个院子多年了，许多新住户没搬来前，它就是这个院子的流浪狗之一，后来跑的跑散的散死的死，就剩下它一只。它温顺，有眼色，会躲避，不乱吠，见了人会趴下，摇尾巴，再熟悉些的会躺下，把肚皮亮给你，天生流浪狗求生存的基因。它有时跟着保洁的三轮车在院子里转，有时趴在门房墙根，默默看着进出的车和人。冬天躲在食堂后面的暖气沟里，恰好有一个裂隙可以钻进钻出。已经记不清大黄在暖气沟里生了几窝崽了。院子许多人给它喂水喂食，帮它照顾小狗，还在旁边用纸箱木盒搭了简易的窝。

大黄是去年秋冬季节又生了一窝。我不愿多去喂食，主要是不愿一窝一窝与它们熟悉，看它们长大，再操心它们的去留，担心它们的命运。偶尔去添水喂食，也是放下就走，不与它们过多交流，不看它们的眼睛。慢慢地这窝小狗有的被人抱走，有的自己跑散了，只留下一只。说太丑，没人要，这就是"小黑狗"。

有一天出差回来，听说大黄两天前在大门外被汽车撞死了。我放下行李出门去寻，果然，在北侧树林枯草丛中看见了它，侧躺在那儿，像是在等我，我摸摸它冰硬的身体，感到毛依然光滑柔顺，外面也没看到伤残，我注意到它沿脊背的一岭毛是竖起来的，它紧张的时候往往是这样。出差前我遛毛三与它相遇，它摇尾巴与我亲近，但毛三不高兴，突然冲它吠，它脊背上的毛竖起来赶紧跑开了，毛三是狗仗人势，我唤，"大黄，大黄！"它怯怯地望着我，还是去了。

也好，只一下，它就什么也不知道了，这是它修来的福分吧。我包裹好它，选一棵大树下，还埋一块石头陪它，我喜欢树，喜欢石头，喜欢大黄。

至此，太太与我每天去给小黑狗喂水喂食，它还在吃奶的阶段，突然没了妈妈，胆怯，开始是把食物放在暖气沟洞口，人离开后它才敢出来，后来它就离不开我们了，每天到点就等在路口，远远判断清楚是我们，就飞奔而来。直到这个时候，我才正眼看这个小家伙。叫它"小黑"有些勉强，是黄色与黑色交杂在一起的颜色，但若叫"小黄"似也不可取。毛长且乱，四肢短粗，头与身体的比例也不协调，嘴巴长。它跟我遛弯时碰到人，无论是否喂过它，都说，这狗长得真丑呵。它并不太理会喂它什么吃的，它总是愿意与人玩，嬉戏，抱人的腿，咬裤腿和鞋。再往后，它就赖在我们家门口，无论如何都撵不走了。

小黑调皮，像个好动的孩子，破坏性强，刨地，毁苗，乱叼什物，腿爪上永远有水和泥，院子里它熟悉的人每每穿个干净裤子，都要防它扑上来与你亲热，我观察大家的办法都一样，就是先伸脚挡住它。纠结了很久，还是决定把它送走，原因主要是担心它影响四邻的生活，毕竟不是人人都能迁就它，加之室内已经收养了毛三，还有小狗。

小黑头一次坐车，头一次被拴上绳牵引走。我特地穿上它熟悉的鞋和衣裤，特地戴上它经常偷偷叼走的手套，上面满是它的脏它的味。小黑很乖，路上只喝了点水，趴在我脚下张望着窗外新鲜的世界。来到新环境它不怯生不害怕，到处走，见人见狗都嗅嗅，亲热又友好，像是很有教养的样子。

"叫什么名字？"它的新主人问，我说"小黑"。新主人说"我这儿已经有一只叫小黑了。"我想了想说，"就叫长得丑吧。""长得丑！"——它歪着头看看我，似乎很愿意我这样喊它。

38. 一水两坡三四树的奢华

2017 年 5 月 18 日　　星期四

喝茶、聊天、钓鱼、阅读

5 月 13 日，星期六。

小黑走后最高兴的是老黄猫，它终于可以无忧地理毛，舔爪子，在本来是自己的角落放心睡觉，可以跟着我干活，偶尔伸爪掺和一下，就地打滚撒娇……毛三可以随意走动，在园子里走一大圈去拉屎撒尿；花草、竹子，特别是刚种下去的小苗能正常生长；可以随心所欲放什物，而不至被小黑叼走……简直是忆苦思甜，声讨小黑的大会，真不应该，刚把人家送走，就一个劲地说坏话。

上午收拾小工具房，下午电话问问小黑的情况，挺好，还发来它与另一只黑狗嬉戏玩耍的视频。但说吃东西不积极，还处在新环境的兴奋状态。傍晚湖边垂钓，碰见一位老领导夫妻俩散步，他时而认得我时而不识我，说起他送给我的摄影集，他已不记得自己出版了摄影集。令人唏嘘。

5月14日，星期日。

活动于小工具房、园子、湖边，与狗猫、植物、船和工具缠绵。阅读。喝茶。电话问小黑，一切正常。中午看拳击：①WBA/IBF/IBO超轻量级，伯恩斯 VS 因冬格，12回合因胜；②超中量级，阿尔瓦雷斯 VS 查维斯，阿12回合完胜；③WBA超次最轻量级，亚法伊 VS 村中优，日本这个村中优虽败，但打得极顽强。

"你付出的越多，牵挂就越多，牵挂越多，付出的也就越多，牵挂与付出互为因果，直到这种牵挂变为爱。当我们爱一个东西的时候，爱的不是那个东西，而是自己贯注在上面的心血"。人的悲剧和痛苦与苦恼就在于人有所谓"心血"和"爱"吧。

5月15日，星期一。

风。收拾书籍，收拾小船，划船。画了一下午，两幅画都不行，没有一点新意。涂抹间，倒是得几句俳句：

快乐　片刻难得的迷糊

那东西　弃之若痰　撷之为俳

散发弄扁舟　酷炫狂霸拽

苦水沉云朽杙枯枝　戋戋几衰草

155

终风且霾焉知无风而霾的摩登

一水两坡三四树的奢华

句子还是俗，硬。欠寂疏闲淡。权且记下，做俳坯子，放下，慢慢推敲琢磨。放下、知止、留白、求阙，也是我写俳句的一点体会。

5月16日，星期二。

阅读、写、整理书籍，披阅笔记。剪草，浇。下午钓鱼，大颗粒打窝，传统钓组，钩上先挂一点仿生蚯蚓，再挂生物中空饵，再用仿生蚯蚓封钩尖。效果不错，僻开了小鲫鱼，所上均为中型以上鲫鱼，大个鲫鱼有八九尾，一条3斤左右鲤。钓鱼的人，给这类上饵法起个名，叫"肉夹馍"。

右胳膊痛，右手抓力愈来愈差。摔跤的时候，用手抓住对方，叫"抓把"，当年"抓把"是我引以为豪的强项。只要抓住了，对手就无法解脱，我的重心就可以在俩人身上自由切换，并借此决定胜负。

5月17日，星期三。

上午在小工具房、园子忙活。种韭菜根。中午安装遮阳伞。下午修雨伞，接南边水管，遛毛三，毛三对人吠。晚与李、李、沈等品酒。北玫北红单酿颜色香气有特色，与其他品种混酿也是很好的选择。北玫北红酿酒葡萄品种由玫瑰香与东北山野葡萄杂交，是经几十年培育的中国品种，在宁夏产区种植冬季无须埋土。

156

自省的是，虽已有生命的重量，但尚存人性的糟粕，话往往是说得过了，而不是欠了。

5月18日，星期四。

时有风。与李、李品茗聊天。阅读。下午五点垂钓，仍然上大鲫鱼。

风起，苇丛剧烈地摆动着，伏下又起来，鸟明快地叫着，就在我右边芦苇的另一侧，大概距我直线不足2米的地方，叫声清脆响亮，婉转且有力，没有恐惧，好像是说"风，刮吧，刮吧！""苇，摇吧，摇吧！"听声音应该是两只，虽然看不见，我想象它们是不大的鸟，犹如麻雀的体态，有黄色绿色白色相间的羽毛，圆圆黑亮的眼睛，一叫一动或一叫一跳的，大概吧。

一只獭从我脚下踩着的苇墩旁边游过去，悄无声息，低调、自信、沉稳、虽然近视。

晚上阁楼阅读。"心啊心啊，如此独一，不妥协易腐坏。"（Kennetn Rexrroth，1905—1982）

39. 风起于青萍之末

2017 年 5 月 21 日　　星期日　　阴

两块钱买了九棵菜苗

5 月 19 日，星期五。

早上带毛三出去三趟，第一趟是遛，第二趟与第三趟是为了引开它，让领养小狗的人看小狗。中午与下午又把毛三关进卫生间两次，第一次是为了取走一只小狗，第二次是为了取走两只小狗。今天共拿走三只小狗，祝它们有好的命运吧。下午与马聊天。晚与左、许、刘等品酒，我带留世酒庄、铖铖酒庄几款酒，这两个列级酒庄的酒，有相当一部分资深葡萄酒爱好者喜欢。好酒当然是平衡而复杂的，喝进嘴里，咽下去都应该有东西，有企盼的内容，有回味，香气若有层次，更佳。

5 月 20 日，星期六。

晚上与马、何、王等十数人品酒。今天没喝宁夏产区的酒，品鉴几款知名的酒，是法国知名的酒庄，知名的产区。话题涉及葡萄酒的"风土"，我说了不少，当然也喝了不少。有人又说起我之前在上海风土大会上的发言，那是乘兴之作，这儿再乘兴誊抄之：

启于贺兰山脚下的中国风土

昨晚，得暇品尝了一支中国酒庄酒后（中国科学院李绍华先生的北玫北红），我下决心重新调整了我的发言稿。

我的结论是，"风土"，飘忽而带有果香和单宁味道的概念，之本身就是葡萄酒的一种"风土"。

中国的一个古人问，"风从哪里来？"

中国的另一个古人答："风起于青萍之末！"

那么"风土"呢？"风土"在哪里？"风土"是什么？风土是风又是土，风土不是风又不是土。风土是阳光，是砾石，是山川，是河流；风土是果农骂你的粗话，是酿酒师的高兴与不高兴；风土是《知味》葡萄酒杂志，是杰西斯·罗宾逊，是奥贝尔·德维兰，是贝尔纳·布尔奇，是伊安·达加塔，是杰克·里戈，是阿兰·莫伊克斯……风土是段长青、是王奉玉、是

159

施晔……当然也是郝林海。

今天，中国的市场上有约22亿支葡萄酒，其中进口葡萄酒约7亿支；中国自产工厂葡萄酒约13亿支（工厂酒主要依靠从国内外收购葡萄汁而加工为葡萄酒）；中国"酒庄酒"约2亿支（酒庄酒是每个酒庄都置身于自己的葡萄园中，每一瓶酒都是从葡萄藤中长出来的）。

进口酒中有风土，我们要好好欣赏，但那不是中国的风土。

工厂酒中也许会有风土，但那是工业化组合而又肢解的残垣断壁。

中国葡萄酒的风土在哪里？在酒庄，在葡萄园，在产区，在那2亿支中国"酒庄酒"之中。没有葡萄园，没有酒庄，没有产区，何有风土?!

中国葡萄酒的风土在贺兰山脚下，那里有4万公顷集中连片的酿酒葡萄园，有列级酒庄制度和列级酒庄，有120个各具特色的酒庄，有近200位与世界各大产区联系密切的职业酿酒师，他们当中有宁夏人、有上海人、有四川人、有法国人、有德国人、有美国人、有阿根廷人……他们热爱葡萄酒但性格又稍嫌偏执，来时，我请教他们什么是葡萄酒的"风土"？他们告诉

160

我，风土就是贺兰山，就是黄河水；风土就是冬天用黄土埋藤，春天借轻风展藤；风土就是祈盼的降雨，就是早来的晚霜；风土就是根瘤芽，就是霜霉菌……风土就是你吃了一碗羊杂碎后唱的那只宁夏"花儿"。

5月21日，星期日。

阴。早上去赶集，阳历1、4、7是丰登镇的集市。买了几棵黄瓜秧，以补之前没种活的小冬瓜（没有卖小冬瓜秧的）。两块钱买了九棵（一块钱四棵，老板搭送一棵），路边又捡到一株辣椒秧。吆喝着卖老鼠药的，卖根除顽疾的各种灵芝、仙草、骨头等。旁边瓶子里展示有浸泡的药酒。各类小物件一个摊一个摊就地摆着，我五元钱买了一个小挂钩，回家就钉在了小工具房。阅读。中午按预告的时间等着看电视拳击，没按时播，有点困，想睡，躺下又起来，睡不着。直到四点才播出拳赛。三场：①WBA轻量级，巴特雷米（古巴）VS雷利（白俄），台裁有腿疾，之前也见他一跳一跳裁得挺好，把握得好。巴12回合胜雷；②WBC次轻量级，拉塞尔VS伊斯坎顿，拉第七回合击倒伊；③WBO/WBC超轻量级，克劳福德VS迪亚兹，克控制距离好，不乱，力量、速度、技术、攻防全面。第十回合，教练中止。三场都很精彩。种菜苗。天阴，风，欲雨。电话短信询问小黑狗（"长得丑"）情况，不错。心中高兴。

40. 一份必须记住的名单

2017 年 6 月 2 日　　　星期五　　　晴

接受 "OIV MERIT"

　　颁奖仪式挺隆重，保加利亚索菲亚，会场近五十个国家的国旗，近五十个国家的代表团。莫妮卡·克里斯特曼主席致辞并给我颁发 "OIV MERIT" 证书。她褒扬我为中国和宁夏葡萄酒发展的所作所为，说，"今天，中国宁夏已跻身世界知名的葡萄酒产区"。除此以外，她还特别介绍我的水彩画，"能从中看到很美的中国风景"，并透露了一点个人信息，"郝先生昨天在飞机上度过了生日，来此接受这一荣誉"。

　　我很看重这个 "OIV MERIT"，这无疑是世界葡萄与葡萄酒组织对中国葡萄酒产区的认可。接受这一荣誉，我心中很坦然，有一种撒什么种子结什么果的感觉。"好葡萄酒是种出来的。"好产区是干出来的。宁夏葡萄酒产区是业内人士心血浇灌的果实，甫一开始，就是内行的，专业的，符合发展规律的。我有一份名单，他们均为宁夏之外的业内人士，他们可能参与种植，可能参与酿造，可能参与品评，可能是深度介入，可能是一个观点，可能是一个建议，可能是一次批评，但，正是他们成就了宁夏葡萄酒产区的今天。请记住这份名单：

贺普超、费开伟、罗国光、郭其昌、修德仁、欧阳寿如、陈泽义、李华、晁无疾、李绍华、李德美、马会勤、段长青、王华、王琦、王祖明、王树声、张春娅、郭松泉、黄卫东、林志帆、战吉宬、杰西斯·罗宾逊（葡萄酒大师）、奥贝尔·德维兰（法国）、让·马赫·奥朗德（OIV）、严·居邦（OIV）、伊夫·伯纳德（OIV）、费德瑞克·凯斯特鲁茨（OIV）、克劳迪娅·昆妮（OIV）、莫妮卡·克里斯特曼（OIV）、丽兹·塔驰（葡萄酒大师）、米歇尔·罗兰（法国）、陈英贤（葡萄酒大师）、赵凤仪（葡萄酒大师）、李志延（葡萄酒大师）、理查德·斯马特（澳大利亚）；弗兰克·克拉克（爱尔兰）；庄布忠（新加坡）；安德鲁·凯拉（葡萄酒大师）；

无名氏（估计是一位外籍人士，2015 年 10 月左右，在网上发表一篇匿名文章，深刻指出了宁夏产区存在的问题，当时许多人认为这是负面意见，而我认同他的观点，并在工作实践中采纳了他的多项建议）；

吴志攀、小皮（徐伟）、施晔、高翔、李欣新、洪昌维、百尝

（顾吉友）、贾静茹、布里斯·勒布克（法国）、德尼·萨维落（法国）、菲利普·弗尔·布拉克（法国）、大卫·卡亚特（法国）、罗建华、宋海岩、李厚敦、唐丽燕、陆江、林力博、张文晓、沈旸、陈尚武、陶永胜、时间、曲日晶、张建生、卢晓、赵丹、李玉、李杰、邹福林、刘树琪、董继先、孙利强、郭英、田疆、马树森、程朝、吴坚、刘拓、王满、李达、林殿礼、黄辉宏、郝利文、孙志军、尤里·诺扎泽（格鲁吉亚）、利万·维玛尤里泽（格鲁吉亚）、亚历山大·万斯汀（以色列）、吉姆·博伊斯（加拿大）、拉瑞·洛克辛（澳大利亚）、达米恩·威尔森（法国）、巴瑞·怀斯（美国）、爱德华·科瑞（美国）、凯伦·麦克尼尔（美国）、戴维·泰涅（澳大利亚）、菲利普·迈威尔（巴西）、金庆奂（韩国）、里卡多·费尔南德斯·努民兹（阿根廷）、萨拉·坎普（美国）、迈克·英斯利（法国）、普都安（比利时）、克雷格·格拉夫顿（澳大利亚）、安吉拉·米兰达（澳大利亚）、彼得·布里斯托（新西兰）、约瑟·赫尔南德斯（西班牙）、克里斯多夫·章（美国）、保罗·戈贝尔（澳大利亚）、乔安娜·马什（澳大利亚）、皮埃尔·维亚拉（法国）、詹尼佛·邦德（新西兰）、马修·范（英国）、史蒂芬·麦克尤恩（澳大利亚）帕拉齐·塔尔德（印度）、阿尔文·利本伯格（南非）、诺瓦·卡德玛特（美国）、玛利亚·塔皮亚（智利）、托尼·克拉斯（澳大利亚）、马利克·鲁伊兹（墨西哥）、普里亚卡·库尔卡尼（印度）、李奥纳多·里卡多（墨西哥）、乔尔·西蒙（葡萄牙）、帕布洛·拉博德（阿根廷）、伊莲娜·阿列霍斯（西班牙）、萨尔维那·斯蒂芬诺娃（瑞典）、玛丽安娜·佩姿（阿根廷）、克里斯多夫·萨金特（澳大利亚）、凯丽·皮尔逊（澳大利亚）、史蒂文·辛普森（澳大利亚）、卡斯特·米格里瑞纳（南非）、彼得·麦基（新西兰）、保罗·帕利亚（意大利）、萨拉·威廉姆斯（英国）、鲁本·罗德里格斯（西班牙）、胡安·皮尼亚（阿根廷）、贾斯汀·康闰斯（南非）、斯普林·蒂姆林（新西兰）、布伦特·特雷拉（美国）、马修·克比（澳大利亚）、安德鲁·鲍维利（新西兰）、格伦·詹姆斯（澳大利亚）、布莱恩·奇斯伯勒（美国）、加斯顿·塞普尔韦达（阿根廷）、弗特纳多·阿莱西奥（意大利）、亚历山大·威廉（保加利亚）、马蒂亚斯·雷格纳（奥地利）、安娜·贝鲁（西班牙）、杰奎琳·利沙玛（智利）、瓦迪姆·布朗尼萨斯（摩尔多瓦）、斯图尔特·瑞斯特德（澳大利亚）、迈克尔·盖德（澳大利亚）、科森迪诺·丹尼斯（意大利）、罗斯·万维克（澳大利亚）、安德鲁·杰夫（英国）、拉瑞·劳克森（澳大利亚）。

葡萄酒旧世界有句名言，"酿伟大的酒不难，难的是头 300 年"。勃艮第对风土的数据记录了上千年，如今，这些葡萄种植园风土特征已写入联合国教科文组织世界遗产名录。倘若葡萄酒的确是文化的产物，那么它就懂得记忆与感恩，也许，300 年以后，当人们在议论宁夏贺兰山东麓葡萄酒产区时，这份名单能有些参考。

41. 暗然而日彰

2017 年 6 月 9 日　　星期五　　晴

坐在卡斯凯什码头

　　5 月 30 日，星期二。

　　从飞机舷窗看下去，是自然的色块，绿的黄的显然是农作物，深绿色的是树木森林，细看也有稀稀落落的村庄，但色彩大都不张扬，亦能见曲折的道路和黄土地，加上朵朵白色云团，确是和谐自然的景象。大概几百年几千年前，中国也是这样吧，大自然也呈现"暗然而日彰"的君子风范。但现在没有了，几乎没有了，人太多了，商业经济发展太快，是穷人暴发的心境，急着穿锦衣，并急着露在外面，让人知道。身边有张报纸，有个在美国学习的小孩，"杨"说："美国的空气比中国好，自由的说和想并不是所有地方都可以的，大家应好好珍惜。"啊哈，这个小杨，还是个孩子。

6月2日，星期五。

保加利亚索菲亚。下午接受"OIV MERIT"。晚上写《一份必须记住的名单》。

6月4日，星期日。

昨天先飞维也纳再转机到布达佩斯，飞布达佩斯是螺旋桨飞机，我挺喜欢，有点看黑白相片的感觉。陈老师说，酸奶需具有"保加利亚乳杆菌"和"嗜热链球菌"，否则不能叫酸奶。今天去托卡伊产区。连看了三个酒庄。该产区的"产区认定"为1760年，比法国早，说是世界上最早的产区认定。产区允许种植6个本地的白葡萄品种，但实际上"本地"品种向上追溯亦应是"欧亚种"源。我注意到酿酒师给我们介绍一款酒时，说"香气像葡萄"。这倒挺启发人，葡萄酒圈子品酒，常说香气像这像那，不再提葡萄本身的香气，有时我想，是否葡萄酒的香气必须没有葡萄香气了，才能是葡萄酒了。

6月6日，星期二。

早上参观美术馆，购了几张明信片的画。"'碧空如洗'这个词在中国已变为中国梦了。"陪我们的东北伙计说，"欧洲天天碧空如洗，处处美女如云，满目花草树木，随处百年建筑，制度先进，百姓文明。他妈的，这居然是真的。"然后，他带我们吃中国人开的"黑店"的饺子后去机场。飞里斯本，在阿姆斯特丹中转。俯瞰，阿姆斯特丹之傍晚，水亮白，间丛丛绿，有迷雾团团与之交错。真是，他妈的。航班上，与软件下两盘围棋，皆输。飞行员起飞与降落都很生猛。

41. 暗然而日彰

6月9日，星期五。

看塞图巴尔产区。葡萄牙共有 12 个产区，澳门有个葡萄酒博物馆，主要是介绍葡萄牙的葡萄酒产区，我专门去看过。在橡树前我问，树皮是树维系生命的脉络，把橡树皮剥光了，为什么树不死？陈老师说，树皮与干体间有一层"形成层"，只有几层细胞，很薄，其向内生木，向外生皮，只要保留"形成层"乔木便可生存。昨天上午在里斯本海边和步行街溜达，购黑人小伙三幅小水彩画，街景，水墨虚实与线条曲张是吸引我的地方。

6月9日，星期五。

辛特拉佩纳宫，在洋人古老的水彩画桌前伫立良久，不大，精致，倾斜的桌面上还放着一幅没画完的画，不知是原有的，还是现代人画了放在这儿的。之后去罗卡角，六年前来过，有个诗人说，"海始于斯，陆止于此。"怎么说都可以，海，陆，此，斯，说哪里都可以，这海那洋，东角西角，此岸彼岸。主要看在什么背景下说，这可是当年航海帝国的一个"角"。

坐在卡斯凯什码头，想起我应该六年前也来过，也在这儿坐着休息。回去查查当时的笔记。记笔记好，可查，记笔记也不好，写了就不太注意用脑袋记了，总觉得这事已经记录了。特别是看书，看了，知道了，又忘了，如人生。世界真的不大，在中餐馆吃饭，又见到个熟人，是六年前的导游，台湾人。我还记得他说，"享受当下，当下就在呼吸之间。"六年真的不短，经历的人和事很多，但我偏偏记住了他和他的话。

168

42. 向外观察，向内反省

2017 年 6 月 18 日　　星期日　　晴

看国旗在波尔多一次次升起

6 月 10 日，星期六。

科尔多瓦大教堂（"内胆"大教堂）。历史是叠加的，世界是多元的，文化是融合的，战争是残酷的，人种是杂交的，宗教是相通的，语言是借鉴的，文明是反复的，建筑是混搭的，人生是瞬间的。当然，葡萄酒是要多喝的。教堂是 8 世纪以前的，周边亦净是历史遗迹，如罗马桥等等。坐在街头吃午饭喝酒，看过来过往健康、漂亮、性感、自信、真诚的人人。麻雀，远看体态一样，实际每个地方的麻雀与人一样，有各种的不同，有的羽是深浅不一色，有的头顶一抹深灰，有的胸前白色或灰蓝色，嘴有红色，黑灰和黄色……从围在一块吃食的表现看，情况亦有不同，如人之不一。性情的不一，习惯的不一，文化的不一，基因的不一，人种的不一。

6月11日，星期日。

赫雷斯，英文（Sherry），念"雪莉"，说这个单词是由阿文演变而来的。西班牙是夏天外面奇热，阳光灼人，人们白天都躲在阴凉处，到了晚上就都出来了。西班牙人说自己，"中午热得像只狗，晚上冻得像只狗。"这气候和宁夏一样，但宁夏人不这么说自己。欧洲没有国内那么多蚊虫，不知为什么，窗户上没有纱窗，古建筑上也没有。中午吃饭的小饭馆表演"弗朗明哥"，吃饭的人随性地呼应，或唱或跳，自然本性。塞维利亚大教堂，恢宏而细腻。人类的进化，得益于文化、宗教、建筑、血统、身体、语言的继承、交流和借鉴。我们自豪中华文明自成一脉，几千年来没有中断过，没有中断就好吗？自成一脉就好吗？

6月15日，星期四。

前天在巴黎看莫奈画展。午饭时邂逅一位优雅自信的巴黎女人，晚上专门写了写她。昨天上午从巴黎乘汽车到勃艮第，三个多小时。巴黎高速公路60公里范围不收费，方便和鼓励市民在此范围活动。与施晔、高翔两位老师共同看了几个酒庄。又见到了老朋友奥贝尔·德维兰先生，我们在他的工作室、葡萄园、酒窖度过了令人难忘的时光，品鉴他陈酿的酒，体会他风土的田，感知他谦卑的心。"田"是最主要的，有关"田"的信息记录了十几个世纪，1936年政府按葡萄园地块分级，现勃艮第仍是按地块分级。勃艮第共有2.6万公顷葡萄，共约4000个酒庄，精酿数万种酒款。而我们宁夏产区仅仅几十年历史，仅仅百十个酒庄，就有人嫌多了、乱了。考察，就是要用人家反省自己，向外观察，向内反省。没有葡萄园，没有"田"，没有百花齐放，万木争春的大大小小酒庄，葡萄酒就是无本之木，无源之水，无风土之酒，产区也不会有生命力。

6月18日，星期日。

弗龙萨克的会面很正式。西装，鲜花，国旗。陪同参观酒庄的阵容太过宏大。到处是一片一片的真诚与热情，酒庄的访客厅墙壁上专门挂着中国国旗。一刻不停在葡萄园、酒窖穿梭，每一杯美酒都不好拒绝。想坐下来喝一杯热水，但始终没有这么个机会，我估计，这正是令我日后痛苦不堪牙疼打下的埋伏。但我来到了弗龙萨克，我是弗龙萨克派遣骑士团赴中国授予的葡萄酒骑士，我必须认真投入每一项活动，我也的确积累了不少问题要与他们交流。

参加"波尔多葡萄酒展会"时，我的脸已经开始肿胀，抬头看中国国旗时右侧脖颈剧痛。吃止疼药坚持，膝软，出汗，头晕。我躲开了法国农业部部长和波尔多市市长，只按约定与贝马格雷先生晤面，与他交流时我已连续四顿没吃饭，想吃，但吃不进去。贝马格雷对中国宁夏产区前来考察十分重视，所到酒庄升起中国国旗，派总经理和首席酿酒师介绍情况，还专门安排来自宁夏石嘴山的员工小马陪同。熠熠阳光下，幽幽酒窖里，勃勃藤蔓间，留给我的印象依次为：人、古堡、文化、艺术、宗教、葡萄酒和我隐隐的阵阵牙痛。

43. 三个比我还老的法国人

2017 年 6 月 20 日　　星期二

波尔多飞巴黎飞北京飞银川

　　奥贝尔·德维兰（罗曼尼康帝酒庄联合庄主）。

　　勃艮第。他陪同我们看他的"地块"，他站在葡萄园里说，脚下的这条田埂几个世纪以来从没改变过位置。在酒窖引我们一圈又一圈环视，介绍不同批次年份的酒，包括根瘤芽病肆虐欧洲之前留存的酒，抹去尘土，可见 18··年（6 瓶），18··年（14 瓶），19··年（2 瓶）……的字样。它们安静地躺在酒窖之中小酒窖的一隅。他腰间挂着一串钥匙，开门，关门，关灯，锁门，选酒，开瓶，侍酒。每尝一款，他都看着我，眼睛里充满了真诚，热情，自信，谦卑。我必须说，他看我的眼神很令我感动。

　　2015 年 12 月，我俩在上海秉烛长谈，对葡萄酒的理解使我们相互欣赏。我们都认为，尊重自然，尊重风土差异赋予葡萄酒的变化，正是葡萄酒文化的本质。勃艮第有约 3 万公顷葡萄，平均不到 7 公顷一个酒庄，这些酒庄的差异可能是细微的，但正是这细微的差异决定了每瓶酒的独特性。豆火摇曳中，他悄悄告诉我罗曼尼康帝如何酿出好酒的秘诀，"怀着一颗谦卑的心！"

他送我《风土特性，勃艮第非凡的千年葡萄种植园遗产》，题"希望郝先生从这本书中找到一些对葡萄酒未来的期望，梦想着可以把这些送给亲爱的宁夏葡萄酒产区。"

在我对中国宁夏葡萄酒产区承担一份责任的关键时期，奥贝尔·德维兰先生赋予我力量与信心。

优雅自信的巴黎女人。

巴黎。与她的邂逅的确是邂逅。错过了吃饭的点，偌大的餐厅只我们一桌，正吃的时候，进来一位老太太，浅色衣裙，头顶一款缀花的长檐帽，她环视四周，选择紧靠我们坐下。点一杯红酒，嗅，尔后啜品，很享受的样子。等菜上来，瞄见是几个像饺子馅状的块块，陪同我们的王小姐悄声说，"生碎小牛肉"。几次与她目光相遇后，她指着我们的碟子说，蜗牛要趁热吃，鹅肝不要加佐料……她又指着自己的盘子说，生碎小牛肉能让人情绪高涨，当然要有一杯合适的葡萄酒。她不介意我问她年龄，反问我的年龄，听罢哈哈一笑说，"我要有个儿子的话，也应该这么大了！"她和我们碰杯与我们拍照，她什么都愿意告诉我们这几个刚碰到的东方人：出生巴黎，法国国家银行退休，今年 85 岁，未婚，仍未准备结婚。我夸她穿戴得体，她说一个人出来吃饭，只是随便穿穿而已。我说她帽子很好看，她告诉我因为年老眼睛怕光，有意选了长长下垂的帽檐。我说她有风度有气质，她说，"当然，这就是巴黎女人！"

贝尔纳·马格雷（贝尔纳马格雷集团创始人）。

波尔多。我在十分痛苦的状态下与马格雷先生晤面。口腔出了状况，分不清是牙龈、牙神经还是腭的问题，剧痛，右侧从内到外都肿了。坚持看完已经安排的酒庄，吃了止痛药，昏睡一夜，强打精神与马格雷先生会面。他递我一杯干白，我闻闻晃晃，在淡淡青果香中认真听他说。

贝尔纳·马格雷是当代葡萄酒界的传奇。他从一个葡萄酒的推销员到今天在世界各地拥有四十多座酒庄，八十岁了，"仍然像永远都不会死一样去做事。"他通过自己的实践告诉人们，葡萄酒的特质是个性化，"今天葡萄酒消费已进入个性选择的时代。"他说，我拥有四十多座酒庄，并不是我有收藏的嗜好，而是为了适应不同消费群的需求。记得他曾把自己比作"好葡萄酒作曲家"，用七个音符创造出不同的曲子，我告诉他，这与我的比喻如出一辙，"不同酒庄，不同酿酒师，犹不同作曲家，虽七个音符，创作不同人群喜欢的不同乐曲。"

葡萄酒的本质是文化，这是他用实践诠释的又一至真。他通过个人收藏走进艺术世界，赞助艺术和文化事业，努力将古老的酒庄与年轻艺术家相结合，创办艺术节及富有个性的文化活动。当他听说我曾专门去蒙田古堡考察采风时，用力握住我的手说，当一个人赢得一切后，文化是剩下的唯一挑战。

他答应我一定要去宁夏葡萄酒产区看看，"我要尽快安排"。他穿戴整齐，注意细节。在送给我小礼品时，似乎注意到我右脸的不堪。我期待他再次见到我时，能改变对我脸部的看法，见到一个更真实客观的我。

44. 今天什么也没耽误

2017 年 7 月 7 日　　星期五　　晴

我看见一簇小飞虫

6 月 22 日，星期四。

"爱，是人间风雅"。

去口腔医院，上麻药，放脓血，清洗。仅三周时间，园子里的各类植物都长疯了，从昨天开始一片一片剪枝去株。攀爬的牵牛花密不透风，我采取从田埂连根拔的战术，待上面藤叶死后再剔除之。瓜藤蔓更是盘根错节，只能一点点找到下剪刀的地方，慢慢理清，但这个种类的南瓜到底剪什么留什么，我也不清楚，乱下刀了。明天再收拾竹子吧。

6 月 25 日，星期日。

继续收拾竹子，去除多余的竹子，哪些是多余的呢？总是犹豫，不愿下剪刀。就这样磨磨蹭蹭也积累剪下几十根吧。不光修剪，一鼓作气，又于竹下整理地平，铺塑料布，洗石子、运石子、铺石子、摆石头，这窗前竹下一小片，有点枯山水的意思了。

忙着干活，忘了看拳击，打开电视已至第四回合。①WBO 次轻量级，巴尔德斯 VS 马里亚加，直到打满 12 回合双方都是高强度，高频率，中远距离重拳。马的拳很重，压迫式向前紧逼，而巴控制距离能力强，恰到好处的小幅后撤且反击有力准确。第 10 回合，在马连续击打巴时，反被巴击倒，精彩。打完 12 回合，巴点胜。但没有失败者。②WBO 超中量级，拉米雷斯 VS 博塞克。拉点胜。

6 月 27 日，星期二。

当然有天堂，天堂就是我湖边的样子。几篷蒲草，一只小船，一只狗一只猫，一个老汉和一竿一线，时有鸟鸣。上午疏南面梨树果，给后窗梨树硕果枝支竹竿架。下午湖边试钓，螃蟹太多，漂相颇似大鱼，于荷叶处点浮亦不吃，今年从荷花种植处派生出的荷叶长得极密，已没有去年叶之间稀疏空隙，看不见大鲫鱼是否在荷叶下乘凉。

7 月 3 日，星期一。

早上终于下了几滴雨。前天上午给毛三去做绝育手术，我负责在家看护小狗。中午没睡，看护毛三，毛三下午还是难受，但总体还好。毛三很坚强，很懂事，傍晚能出去走走，拉了屎。昨天下午带毛三走了一大圈，恢复得不错。晚上看拳击回放。帕奎奥 VS 霍思，一场精彩的拳击，在澳大利亚布里斯班，室外，足球场，天空湛蓝，阳光下，四万多人观看。第九回合，帕几乎将霍击倒。打满12回合，霍点胜。之前两场垫赛，均以 KO 终结。

7 月 6 日，星期四。

早上带毛三走一大圈，它恢复得不错。下午剪东侧的树枝，之后陪毛三和小狗在院子玩，我看书，两只狗和黄猫在身旁玩耍，担心小狗撞大狗的伤口；担心嬉戏中小狗咬大狗的绷带；担心小狗惹黄猫，不时招呼它们，总体还好。"小人长戚戚"说的就是我，戚戚戈戈微物，长戚戚矣常戚戚。本以为这一下午耽误了什么，耽误了干活，耽误了看书，耽误了写，其实啥也没耽误，这不就是我的生活吗？原准备去淘船舱里的水，下了几天雨，船里水有二十厘米了，但没关系，明天再说，今天什么也没耽误，这就是生活。生活就是鸡毛蒜皮，鸡零狗碎。

7 月 7 日，星期五。

有风，阵风很大。傍晚，阳光柔和地从西面过来，从我这儿看过去，有一束光打在竹丛头上，其他地方没有，只有这一束光，有一簇小飞虫上下翻飞，不离开这束有光的竹叶，形成飘忽不定的一团。这是什么虫呢，是不是那种只有一天生命的虫虫呢？前两天，在船舱里也见到一片死去的虫体。它们为什么要在阳光照耀下飞舞，它们喜欢这簇竹叶吗？它们明天真的都死了吗？抑或今晚就都死去了吧！我注意到了它们瞬间的生命，当然我也是瞬间的生命。

我不止一次记录下你们，你们太渺小。当人们仰望天空，追寻星辰时，感知到自己的渺小，但低头时又忘记了自己的渺小。这种两腿直立的动物之中，有的甚至认为自己就是太阳，就是星辰。

"难道还有明天，可惜还有明天。"（余秀华）

"To be or not to be."（哈姆雷特）

"忽然而已。"（庄子）

45. 如水如酒，如画如俳

2017 年 7 月 18 日　　星期二

犹骑在马鞍上看书

7 月 9 日，星期日。

整理酒。擦院子的太阳能灯并换了个位置。给杏树硕果枝支架，已有压折的枝条。小狗咳嗽，呕吐，从昨天开始，愈来愈厉害，需看医。用积累的参会证牌做了一个"工艺品"，历年的出席证，一大堆，留着无用，弃之亦麻烦，不少证上面都有我的尊容和大名。用绳穿起来，挂在小工具房，可题个最俗气的名"时间都去哪儿了"。小工具房暗，凉快，有许多苍蝇来此躲阴，我专门做了一束用来轰它们的竹掸子，只是轰而不灭。于是，它们慢慢懂得了我的意图，与我玩起捉迷藏和猫捉老鼠的游戏了。

7月10日，星期一。

天太热，无心亦无时间弄外面的活。草坪上的小石子在阳光下晒得不能用手拿。虽外面热，但树荫下，屋子里还是凉快，这是干热，不是南方的那种更使人难受的湿热。温度加相对湿度等于人的感知温度。是否还应加上一个"风的大小"？

7月14日，星期五。

中午与马、沈等十数葡萄酒圈的朋友品酒。宁夏产区几款酒与2005年拉菲，1985年格拉英，香槟及贝马格雷苏玳等。品酒论酒，话题都在葡萄酒上，酒庄和葡萄酒的品牌多了不是"乱"，一个产区品牌，千万个酒庄和葡萄酒品牌，正是"和而不同"中国儒家思想的体现，"和"合好与优，多元个性而"不同"。也体现供给侧须服务于消费侧多元个性的选择。

工厂造和酒庄酿是两件事，其结果是两种葡萄酒。一品独大，一牌独尊，所谓"大一统"的品牌，所谓"大一统"的龙头企业，所谓"大一统"的葡萄酒口味，则是葡萄酒的坟墓。但这些目前在中国还不易被人理解，人们往往被"最好"、"最大"、"最贵"、"最权威"、"最潮流"、"最官方"、"最有名"的所谓"国酒"观念裹挟，幻想有一款酒或一个产品品牌可以覆盖一切，官员借此显示实力与政绩，百姓借此彰显面子和身份，喝什么并不重要。下午毛三继续去医院。

7月17日，星期一。

酷热，但早晚凉快，早上和傍晚遛狗还需穿件长袖衣服。晚上阁楼读书也没觉得热。要借鉴和学习"洋"的本质,譬如务实、精求、认真、科学、宽容等等,而不是表象的东西,"洋气"把握不好就是"俗气"、"土气"。下午阅读。李子树下闲放着钓鱼用的椅子,是马鞍状的,骑在上面看书,鞍前还有一个放饵用的托盘,可旋转,两层,用来放书放本放笔放眼镜,挺好。李子树下面是风道,别处无风,此处独享,凉快。黄猫从旁边猫舍的三层下来,就地在石磨盘上卧睡,阳光直照在它身上也不管,我捅捅它,它翻个身再睡,怕它晒着,也太热了,抱它到阴凉的摇椅上,陪我看书,整整一下午。其间两次带狗狗出来撒尿撒欢,做抛扔追逐衔咬小石子的游戏。小狗虽嘴长,但其耳亦长,看上去挺般配,黑毛黄毛,像个坍耳朵的小狼狗,当地人唤"板凳狗"或"土狗",学名曰"中华田园犬"。

7月18日,星期二。

继续骑在"马鞍"上阅读。"零星琐屑的东西易被忽视和遗忘;自发的孤单见解是自觉的周密理论的根苗。许多严密周全的思想和哲学系统经不起时间的推排销蚀,在整体上都垮塌了,但是他们的一些个别见解还为后世所采取而未失去时效。往往整个理论系统剩下来的有价值东西只是一些片段思想。眼里只有长篇大论,瞧不起片言只语,甚至陶醉于数量,重视废话一吨,轻视微言一克,那是浅薄庸俗的看法——,假使不是懒惰粗浮的借口"。钱钟书。

"道虽迩不行不至;事虽小不为不成。"凡今天有点好评的事,都是曾经在大家都不在意的时候，做了一些不被人注意的小事。如水的留，如城的静，如人的少，如旧的存，如楼的矮，如酒的好。在人们不以为然的地方坚持了一下。如水如酒，如画如俳……

46. 背后的衣服都湿透了

2017 年 7 月 25 日　　星期二　　晴

下午去刮治牙齿

　　7 月 19 日，星期三。

　　仍然热。下午去高尔夫球场磨剪草机，我这台剪草机需专用设备磨，高尔夫的果岭草就是用这种机子剪的。顺便向高尔夫球场的工人请教了一些问题。种好一片草比种好一片花、几棵树要难。实际农业种植亦如此，种庄稼易，种草难。我园子的这一小片草怎么也种不理想，仅狗狗不断在上面撒尿和做"狗刨"运动就不好办，狗尿很厉害，不及时用水冲草就死了。一片草长得好坏，涉及诸几琐屑，土壤、地势、浇水、除杂草、施肥、剪草、磨刀、狗撒尿……晚与马、毛、李等品酒。品保乐力加、美贺庄园、新牛三个酒庄的几款酒。好葡萄酒的秘密在于葡萄，知道了这款酒产区、品种、酒庄的背景，也就大体知道了这款酒的好与不好。享受葡萄酒，有些是生理层面的，有些是精神层面的，有些则是兼而有之的。

7月20日，星期四。

上午在长城云漠酒庄、酩悦轩尼诗夏桐酒庄、立兰酒庄品酒。酒后感慨，幸亏有个贺兰山东麓酒庄酒的产区，在中国浮躁、炒作、商业经济泛滥的当下，还有人扎扎实实种葡萄，老老实实酿酒。下午给小狗打疫苗。现今年轻人，居然能随口大段背出武侠剧的台词，并能随机持具表演之，个个男女表情沉浸投入。令人想起一个世纪前，国人都会摇头晃脑比画着唱几句京戏一样。感慨人的不变，感慨世的变；感慨世的不变，感慨人的变。

7月21日，星期五。

傍晚有点风了。上午给匈牙利酿酒师复函件。给刘、姜、马写建议信。下午给龙爪槐剪去顶枝，帮梨树硕果枝加固。下午画画，愈画愈不称心，琢磨原因，不是想法，不是技法，而是"纸干了"。纸在南方生产，塑布封包裹之，再运至北京、上海，我购后存放于银川，开封后再放，银川的相对湿度小，纸干透了，越画越不舒服。浸水法试试，果然遂意。年轻时吸烟，一包烟开封时间长了就不好吸，需用舌头舔一下烟，湿润些才吸。这是西北地区人才能有的体验。

7月24日，星期一。

多云。中午与泰国来的客人及陈、王、丁等小酌。品几款圣路易·丁酒庄的酒，名字起得洋气，也是宁夏产区的一个列级酒庄，

"圣路易"别管他，"丁"就是老丁，庄主。喝葡萄酒年头多了，就更愿体会咽下后的感觉，一些资深的葡萄酒爱好者都有同感。有专家说，人的消化道上分布着约一亿个神经元，比脊髓的神经还多，在酒液通过消化道时，人的情绪就会处于酒的影响下。我觉得这个有可能，我饿的时候易焦虑。我小时候观察到我父亲经常饭前发脾气，吃完饭的时候少，我想和他说点什么事，经常会选择饭后。

7月25日，星期二。

上午阅读。写《Hello，中国葡萄酒》。下午去刮治牙，闭上眼睛，张开嘴，如同在四面墙壁上进行装修工程，砍砸撬磨的感觉。虽然打麻药两次，扎若干针，但只能麻痛不能麻乱，我是属于过度敏感体质的人，乱比疼还难忍受。又冲水又吸水，又治疗又维护，又工作又清洁，俩女子在我口腔中折腾了有一个小时，实在不好受。从座椅上站起来，大夫说，哎呀，怎么背后衣服都湿透了？我想，就是她折腾的，她应该知道为什么衣服都湿透了。以前人们也不这么弄牙，是不是刮治牙的技术又进步了呀。是不是过度治疗，这新形式也真不好适应。算了，这才弄了6颗牙，共拟四次，还要有三次，算了，不弄了。晚上看书，丰子恺是弘一的学生，丰说，弘把人的生活分为三层。第一层是物质生活，追求名牌、精品、豪宅、飞机、珠宝；第二层的人，物质是生存的基础必要，但不太迷恋，他要精神生活；第三层，就是神性的心灵生活。我思摸，这第三层，起码在第二层，也应该有钓鱼、划船，拳击，花草树木，狗狗猫猫，有颜料画纸，有书，有音乐，有葡萄酒……

47. 马兰花与马莲花与马蔺花

2017 年 7 月 27 日　　星期四　　晴

给市长写了封短信

7 月 6 日，星期四。

阴。太太外出，全天在家读、写、遛狗、做饭。见王钓友在湖边欲垂钓，没带打窝器，我回家拿打窝器及诱饵送之。趁雨小出去遛狗，小狗是第一次来到东边，它很新鲜地张望着这片草地，不远不近地跑来跑去，对什么都很好奇。我突然想，把天地间的每个生命细端详，无论它他你我，每个都有那么多的不堪，每个都饱胀着生命的张力。

7 月 27 日，星期四。

雨。阅读、写。在小雨中遛狗实际是很好的，狗狗并不在意小雨，玩得很开心，回来后好好擦擦就是了。湖，的确是具有俳意的地方。这几天胡杨树上的花絮飞得到处都是，下雨后猛一看草地，见有不少雪花，又像是冰雹，心中一惊，时空错乱了，细看才见是白色的花絮，被雨水打湿，乍看就变成了雪花冰雹。今天有朋友送我一块老砖，我姥娘家临清就出老砖，当年北京建故宫就用临清砖，从运河运至北京。

今天给银川市写了封短信，多管闲事，信录下：

尚成市长、徐庆副市长：

关于"马兰花"之误，我记得之前已经给银川市的同志说过一次。近日，又见说花博园综合馆为"马兰花"造型，"马兰花"为银川市的市花云云。觉得有必要再澄清之。

宁夏银川地域多年生草本植物叫"马莲"（mǎ lián），银川口音叫作"马蔺"（mǎ lìn）。马蔺即马莲。该植物叶子呈条形富有韧性，可用来捆东西，花蓝紫色。马蔺耐旱耐贫瘠，不惧艰难恶劣的生存环境，很有银川人的禀性，该植物西北地区都有生长，在银川地域随处可见。

而"马兰花"是另外一种草本植物，花状类似菊花。

小事，但还是说给你们了。

祝工作顺利。

郝林海

2017 年 7 月 27 日

说网上搜索也可以把马蔺花叫马兰花，为什么"也可以"呢？与菊科的马兰花如何区别名称呢？20 世纪 60 年代看电影《马兰花》，马兰花可不是马蔺花的模样。我写信也是想让他们较较真，弄清这个概念。

眼睛看见小事多，爱较真，爱管闲事。说到闲事，还有一件，去年 2 月，我就天津港"8·12"危险品仓库特别重大火灾爆炸事故，给国务院写了封信。这可不是马兰花、马莲花之类的事了，是大事，是人命关天的大事。这封信是大年三十晚上"夜不能寐"写的，也存录在这儿吧：

报给国务院的一封短信

我是一个工作多年的领导干部，参与和指挥过多次救灾抢险和安全事故的处置。2016 年 2 月 6 日，看了公布的"国务院天津港'8·12'瑞海公司危险品仓库特别重大火灾爆炸事故调查报告"后，夜不能寐，有一条意见，如鲠在喉，不能不吐：

我们必须深刻反省和检讨火灾救援指挥处置工作存在的问题。明知是危险品仓库，在火场情况不明的情况下，"火情就是命令"，不管三七二十一，有火就让战士端着水枪向里冲。察觉到情况不对时，撤退得距离不够，撤退得不迅速，撤退得不坚决。人的生命是最宝贵的，我们火灾救援的指导思想、指挥制度和临战程序、战术动作都应该在以人的生命为根本的原则下设定形成。

2月6日公布的调查报告，对此没有反省和检讨，只是在答记者问中提及：消防部门总结教训，为提升灭火救援能力提出了措施；调查组总结教训，建议大力加强应急救援力量建设和特殊器材装备，提升生产安全事故应急处理能力。但是，都没触及关键问题，即，现行的火灾救援指挥指导思想、指挥制度存在严重问题，致使临阵指挥应对不当。若这次特别重大事故都不能正视这个问题，恐以后还会发生类似悲剧，是深刻反省检讨和总结教训的时候了。

谨此向国务院提出以上意见。

报：李克强总理

宁夏政府　郝林海

2016 年 2 月 7 日

总理和国务委员都很重视，专门批示。公安部消防局专门派牛副局长一行来宁夏与我沟通，当面详细听取我这个外行的意见，并从体制规则入手，组织修订《执勤战斗条令》和《业务训练与考核大纲》，调整技战术措施。

兴许，这封短信能真的有点什么作用。于逝去的生命，于未来的生命；于既往的价值观，于未来的价值观。

48. "小酒庄"的本质是
"好酒庄"

2017 年 8 月 8 日　　星期二　　晴

写《Hello，中国葡萄酒》

7 月 28 日，星期五。

晴。收拾堆肥。中午食堂吃碗生氽面。剪草机刀磨好了，师傅提醒应该每次剪完后将刀刃处草屑用水冲之。就是，我每天用完剃须刀都用水冲的，为什么剪草机没想起用水冲。见园林工人割湖边的草，去年冬天本想安排割一次芦苇，但一忙又忘了，今年冬天冰厚的时候该割一次了。这几片芦苇是我操心种的，荷花也是。算是为公共环境绿化做义工。

7 月 29 日，星期六。

晴。给树施肥，也是为了处理什么时候剩的两袋肥料。天还是热，一身汗，赶快收工。我干活，两只狗一只猫在我周边嬉戏。写《Hello，中国葡萄酒》。晚与邢台柏乡来人小饮。我带了立兰酒庄和志辉源石酒庄各一款。经常性少量饮用葡萄酒有益于健康，主要是讲葡萄酒里有白藜芦醇这种多酚类化合物，具有通过促进被称为长寿基因的 SIRT1 组蛋白脱乙酰酶的活力，起到延缓衰老的作用。白藜芦醇对心血管亦有好处，可预防和消减粥样硬化，法国医学科学家用老鼠长期的试验证明了以上结论。由此，我写了一句俳，"喝葡萄酒的老鼠与喝水的老鼠不一样"。

7 月 30 日，星期日。

晴。昨晚胃不舒服，反胃，烧灼感，恶心，欲吐。半夜三时许，吃一片"耐信"，取坐卧状至天亮。上午十时看电视拳击，超轻量级，布罗纳 VS 加西亚，直播从第三回合始，加西亚点胜。为什么没有邹市明的比赛，是因为被日本拳手击倒就不播了么？见台风"纳沙"和"海棠"相继在福建登陆，于是收拾东侧泄水的慢坡，也算防洪措施吧。宁夏地区的农民有这个经验，大体是福建有台风，不几日宁夏就会降雨，十有八九灵。

7 月 31 日，星期一。

晴。热，有点回味前几天热的感觉。去湖边遛狗，"羽毛"，小狗的名字，意思是微不足道的，如一根羽毛，但它却是与我们一样平等的生命。羽毛追逐一只水鸟，白肚子，背稍灰白，不大、细细长长的。我小时候有一个瓷玩具，吹的小鸟，里面灌上水，从尾巴一吹就叫，声音转着圈圈。后来知道"婉转"这个词，我体会就是这种叫声。羽毛追的这只水鸟和我小时候玩具鸟大小形状差不多，叫声也像。许多鸟都是成双成对的，这种鸟却常常见到一只。噢，没想到在这么远的地方碰见黄猫，它正沿着湖边路晃晃悠悠地往回走，它也看见我们了，于是我就不再向前走了，折回头往回走，黄猫不远不近地跟着我们回家来了。

8月4日，星期五。

晴。上午见王钓友用芦苇叶试钓草鱼，我简单说了说钓法，有点好为人师的意思。并回家取了专挑大草鱼的线组与"大将军"8米竿，送之。此乃吾旧物，曾随我征战沙湖、大西湖、鸣翠湖，猎草无数。这几日还挺忙活，连续与几拨朋友饮酒聊天。喝摩塞尔十五世、迦南美地、金沙湾、红粉佳荣几个酒庄的酒。有位葡萄酒圈子外的人，反而一下子看到问题的本质。说，葡萄酒不要盲目追求大，要坚持追求好。宁夏葡萄酒现在有名气，主要是酒好。葡萄酒就树一个产区品牌，让千万个酒庄品牌市场化竞争去，优胜劣汰才能保证宁夏是好葡萄酒的产区。全世界所有好葡萄酒都是这个逻辑，你看人家波尔多，数不清的酒庄，只有一个产区品牌，这就是葡萄酒的逻辑。

8月8日，星期二。

中午有几滴雨。前天中午看电视直播拳击。WBO超次轻量级，洛马琴科（左式）VS 马里亚加，第七回合马的教练不打了。与狗呆坐，共享树荫。下午写《Hello，中国葡萄酒》，晚与周、殷、冯等十数人品酒。我带志辉源石、蓝赛、海香苑几个酒庄的酒。酒的好与不好与葡萄有关，与葡萄园有关，与产区有关，与风土有关，本来与规模大小无关，但中国的问题是，凡一大即没有了葡萄，没有了葡萄园，没有了产区，没有了风土。故才有了"小酒庄，大产区"之说。"小酒庄"的本质是"好酒庄"，这事我不厌其烦地说了好多年，坚持了好多年，因为我了解中国的事体和在中国做成事的窍，小才能真正好，好才能真正大。慢下来，耐心些，多元化，市场化，好一点，把住品质标准，守住安全底线。300 年以后，我希望人们说，宁夏葡萄酒产区已经有 300 多年的历史了。不希望 300 年后的人们回忆说，宁夏也曾经有个葡萄酒的产区，但昙花一现，仅存在了 20 年光景。

49. 银川有知了吗

2017 年 8 月 20 日　　星期日　　雨

看一场漂亮的拳击

8 月 10 日，星期四。

中午阳光强。上午与电脑软件下了一盘棋。我观 "*Alpha Go*" 的启示是，什么地方都可以下，关键看你的力量大不大。昨天写《Hello，中国葡萄酒》。晚与陈、曹、金等品酒。我带贺兰芳华、禹皇、银泰、宝实等几个酒庄的酒。都是多年的老同事，大家关心宁夏葡萄酒的前景，询问了好些关于葡萄酒的事。我坦言自己还不懂葡萄酒，但欣赏葡萄酒后面的东西。后面的什么东西呢？收藏家曹仲英把自己收藏的动机归纳为三点，我看可以借鉴到宁夏葡萄酒上，"附庸风雅，谈笑鸿儒，蝇头小利"。多取葡萄酒文化、开放、多元、个性、交流的东西，少取产业和商业的东西，不要着急人为把它"打造"成宁夏的"主导产业"，或恐是宁夏葡萄酒的长久之计。

8 月 11 日，星期五。

中午阳光依然强。昨天上船时踏空，还好，摔得温柔。我回忆就是眼睛看着踩上去的，以为是踩到船沿上的，实际是踩在岸与船的空当处，岸、船、水的色差不大，看来眼神的确不行了。上午来俩初中同学，说我在学校打架厉害，他们都敬而远之，我有那么凶吗？我也没怎么打架呀，摔跤倒是可以，经常想寻比我大比我壮的交交手。但他们多是双手摆出"不、不"的手势，弓腰后退。哎呀，那个"一事能狂便少年"的年代。下午写《Hello，中国葡萄酒》。晚与曹、丁、高等十几个葡萄酒界的同仁品鉴几款波尔多、勃艮第酒。有一款匈牙利的贵腐酒他们建议放放再喝，于是又存进了酒柜。品酒时看到一则消息，也让他们发给了我，"伦敦交易所按交易价给出最新葡萄酒分级。在 19 席一级庄中，美、西、意、香槟、罗纳河谷各一席、澳两席。其余均为勃艮第。勃艮第酒产量为波尔多的 1/12，却占全球最贵葡萄酒的 63%"。

8 月 14 日，星期一。

晴。连着两天写《Hello，中国葡萄酒》。阁楼阅读。与软件下围棋。在阁楼上常见白猫舔食恐龙蛋，有恐龙蛋的这块石头就放在我写字台旁边，蛋已与窝分离，白猫有时会过来，蹭蹭我的腿，然后舔蛋窝处，只舔这个地方，不知为什么。昨天上午去贺兰山脚下一个废弃的工厂，现已建成综合性文化场所，叫"1958"，午饭也在此。我带留世酒庄、立兰酒庄、沙坡头酒庄三款酒。在国外常有这样的感觉，葡萄酒不贵，品质也不错，而国内酒并不便宜，品质却很难保证。这就如同饮水一样，国外不少地方，自来水随处可饮，安全可靠还不花钱，国内却不行。这就是为什么中国需要更多"酒庄酒"的原因。今天上午去黄河东面鸭子荡水库，面对黄河水，心中的故事并不比葡萄酒少。下午嘉地园酒庄庄主丁健来访。晚参加"德商汇"活动。

8月17日，星期四。

闷热。前天上午在葡萄酒联合会开了一瓶西拉，是澳大利亚"奔富"专为鸡年春节酿制的，外包装用红色罐筒，画有公鸡和"2017"字样，迎合中国人过年的气氛。上午葡萄酒联合会召开全体会员会。中午似乎听到了知了的叫声，不应该吧，我一直认为银川没有知了，小时候在临清用马尾套知了，我眼尖，帮着大点的孩子找知了，仰头看树，脖子的酸痛现在还记得。叫声像是知了，待闲时用望远镜找找看，世事演变无常，自然诸物的生存环境也随之而变，说不定银川有知了了。过去没有蟑螂，现在不也有了吗，过去没有雾霾，现在不也有了吗。对了，银川没有壁虎，也叫爬墙虎，我在河北、山东、天津、北京都见过，银川没有。银川有一种小蜥蜴，样子有点像壁虎，当地人叫"沙泼泼"。小孩光屁股玩，大人会吓唬说，小心，"沙泼泼"钻你屁眼儿。

8月20日，星期日。

上午雨。前天下午在迦南美地酒庄和志辉源石酒庄品酒。有人

197

说到波尔多有三个酒庄分级，左岸两个，一是梅多克（Medoc）和索泰尔内（Sauternes）的 1855 分级，一个是格拉芙（Grave）产区分级。右岸一个，即圣爱美隆（Saintemilion）产区分级。又补充说，左岸梅多克（Medoc）还有一个分级，约 300 个酒庄，但均为中级酒庄。昨天除中午用望远镜找知了外，一整天待在阁楼上读和写，热，忘了时间，头昏眼花，颈酸痛。今天上午接着在阁楼上写与读。中午看电视直播拳击，一场四大拳击组织中量级拳王统一战。克劳福德（美国）VS 因冬格（纳米比亚），俩人均为左式，各有两条金腰带。第三回合，克后手先击到因的右肋，之后前手再击因的腹正面，因冬格倒地不起，漂亮的 KO。

50. 我琐碎是因为生活琐碎

2017 年 8 月 24 日　　星期四　　有云

归纳《杂琐闲钞》

8 月 21 日，星期一。

早上雾。上午划船。一到船上拿起桨叶就有许多回忆。划船进入苇荡的深处，失去参照物，目光所至只有高矮疏密不同的芦苇，天时大时小，水时深时浅，分不出东南西北，弄不清来路去路。半天，一天，一夜半天，一天一夜都有过，陌生而奇妙的感觉一直伴随，意外和惊奇随时会有。特别是在夜里，记得与陈、倪、钟君沙湖一夜，他们总愿意把各自的小船聚在一起或相隔不远，而我却愿借着月光穿梭探究一个个芦荡汉湾的神秘。当鸟低空疾速从头顶掠过，先听到一声呼哨由远而至，待你明白原来是一只鸟时，那呼哨声已消遁。有时你可能不小心睡着了，突然被敲击声惊醒，你不要动，静谧的幽深的水下，有一个家伙正在固执地"嘭嘭"敲你的船底！雾，当小船处于迷漫重雾之中，那是比夜更幽复的秘境，不知身在何处的你，索性可以放下船桨假寐一会儿，随波逐流，等醒来再看命运的港湾在哪里。

8月23日，星期三。

上午，中组部来人谈话，换届考察干部。下午遛狗，先到湖边，见几棵看桃的果子已落满地，它们是春天开花最早的，从萌芽到落地到腐化到冬眠，待春来再重复。遂捡果抛，让俩狗追逐衔咬嬉戏，毛三乐此，羽毛敷衍，和人一样，各有各的爱好。见老梁钓鱼，问，如何？曰，今日不行，鲢子也小，准备收竿了。至东边空地，有小桌小凳，坐下，仍抛石抛果看俩狗追逐。从湖东岸飘来女声，那里似每日都有人乐此不疲，今天这位唱得还可以，尚能接受，碰上有位女高音，那嗓子，能让你肠子里起鸡皮疙瘩，有时居然一首接一首地大歌不停，倘若风向正好对着老梁的钓位，鲢子再大也得收竿了。偶左转首，见西边几十米处我家黄猫在灌木丛下溜达，欲喊又罢，心想，随它自己去溜达吧。风起，有点凉，觉得时间也差不多了，唤狗狗，拴上绳绳牵引返之，走到拐弯处，见张老正在干农活，手持一把铁锹坐在小马扎上挖土，老人家有90岁了，坐着也还劳动，活得真好。穿过小路又见黄猫，正不紧不慢向家走，羽毛见了很高兴，熟人，挣着牵引绳凑近嗅之。临快到家看见草地边有堆新鲜的狗屎，心想，这是谁拉的，同时又想，不管谁拉的也应该铲掉。再说，你养着狗狗，不是你拉的也是你拉的，这与

200

瓜田不弯腰，枣园不挠头一样，见狗屎就铲。遂到院子拿了铁锹，返回狗屎处铲了，埋入土中。

8 月 24 日，星期四。

有云。上午葡萄酒联合会谈几件事。中午石嘴山，张、彭、李等品鉴葡萄酒。我带蒲尚酒庄、巴格斯酒庄、贺兰芳华酒庄几款酒，亦有贺东酒庄一款酒。谈及喝葡萄酒的话题，北京来的客人见过世面，亦洞察国人心态，说私下里喝什么吃什么是一回事，和他人在一起喝什么吃什么又是一回事，然而葡萄酒不比洋人，私下独酌的没几人。而台面上饮什么酒大都按公认的潮流去选择，每个人喜欢或不喜欢喝什么酒本身并不重要。像在宁夏产区这么有选择地去喝，是真喝葡萄酒，是品尝鉴赏，算是领导中国新潮流了。下午开始归纳整理《杂琐闲钞》，与其说写，不如说阅，看自己每一天的笔记，披阅这一年自己的每一天。不计较遣词用字，只做归纳凑合誊抄的事，不做文，不做文章，只是按日子一段一片地抄上就行了，甚至连段落起止也不考虑。实际就是自退休日至今天这一年的即时琐碎记录，直播琐屑日常和真实想法，尽是鸡毛蒜皮，鸡零狗碎，但生活就是这样，我就只好这样。晚饭与张、白、李等品鉴葡萄酒。我带迦南美地酒庄、嘉地园酒庄几款酒，还有一款德龙酒庄的酒。能经常喝到自己了解又喜欢的酒庄之酒，且款款相知，款款有别，此人生一幸事。更有这么多好朋友一块种葡萄，一块酿酒，一块喝酒，一块聊天，此乃人生一大幸事也。

责任编辑:薛　晴

图书在版编目(CIP)数据

杂琐闲钞/郝林海 著. —北京:东方出版社,2018.2

ISBN 978 - 7 - 5207 - 0228 - 7

Ⅰ.①杂… Ⅱ.①郝… Ⅲ.①散文集-中国-当代 Ⅳ.①I267

中国版本图书馆 CIP 数据核字(2018)第 027475 号

杂 琐 闲 钞

ZASUO XIANCHAO

郝林海 著

东方出版社 出版发行

(100706 北京市东城区隆福寺街 99 号)

北京新华印刷有限公司印刷 新华书店经销

2018 年 2 月第 1 版 2018 年 2 月北京第 1 次印刷

开本:710 毫米×1000 毫米 1/16 印张:13.5

字数:123 千字

ISBN 978 - 7 - 5207 - 0228 - 7 定价:48.00 元

邮购地址 100706 北京市东城区隆福寺街 99 号

人民东方图书销售中心 电话 (010)65250042 65289539